Über die Autorin

Brigitte Schwaiger, geboren am 6. April 1949 in Freistadt/Oberösterreich als Tochter eines Medizinalrats, unterrichtete nach ihrem Studium Deutsch und Englisch in Spanien, malte und bildhauerte nebenher, kam über die Pädagogische Akademie zum Theater und zuletzt zum Schreiben. Sie verfaßte die Theaterstücke «Nestwärme» und «Liebesversuche», die Einakter «Die Klofrau» und «Büroklammern» sowie die Hörspiele «Steirerkostüm», «Murmeltiere», «Die Böck', die Kinder und die Fisch» und «Wie ein eigenes Kind». Ihr Erstlingsroman «Wie kommt das Salz ins Meer» (rororo Nr. 4324) wurde zu einem sensationellen Erfolg, in mehrere Sprachen übersetzt und von Peter Beauvais fürs Fernsehen verfilmt. Viel beachtet wurden auch ihr Prosaband «Mein spanisches Dorf», das Buch des Abschieds von ihrem Vater «Lange Abwesenheit» sowie ihre Dialoge mit Arnulf Rainer «Malstunde», die nicht nur ein Porträt dieses Enfant terrible der Kunstszene waren, sondern auch ein Versuch, den Leser in die Geheimnisse der modernen Kunst einzuweihen. Über ihr mit Eva Deutsch geschriebenes Buch «Die Galizianerin» schrieb die «Frankfurter Rundschau»: «Berichte von Opfern der Nazis gibt es viele. Keiner übertrifft diesen an Unmittelbarkeit.» In ihrer Beichte «Der Himmel ist süß» erzählt sie von den Schwierigkeiten eines heranwachsenden Mädchens und umkreist damit erneut ihr Thema von der Scheinheiligkeit bürgerlicher Verhältnisse. Der Frauenroman «Schönes Licht» ist zugleich eine Satire auf den Kulturbetrieb, der Roman «Tränen beleben den Staub» (rororo Nr. 13194) ist das Psychogramm zweier junger Frauen in einer Lebenskrise. Ihre Erzählungen «Liebesversuche» «zeugen von einer staunenswerten Kenntnis des Alltäglichen, die die Autorin in die Nähe Ödön von Horváths rückt» («Die Welt»). Ihr literarisches Tagebuch einer Anfängerin-Mutter, «Der rote Faden» (rororo Nr. 13350), schrieb Karin Struck, ist «ein schlichtes, ein schönes bewegendes Buch». Brigitte Schwaiger lebt in Wien.

Brigitte Schwaiger

Der Mann fürs Leben

Erzählungen

rororo

Rowohlt

Veröffentlicht im Rowohlt Taschenbuch Verlag GmbH,
Reinbek bei Hamburg, April 1996

Umschlaggestaltung Nina Rothfos (Foto: Elke Hesser)
Gesetzt aus der Baskerville (Linotronic 500)
Gesamtherstellung Clausen & Bosse, Leck
Printed in Germany
1290-ISBN 3 499 13540 x

Inhalt

dann haben sie geheiratet. Heute sind sie glücklich und zufrieden und haben zwei Kinder. Sie sagen, wir sollen uns vom Leben nichts Besonderes erwarten, weil, da wird man nur unglücklich.
Wir sind aber überzeugt, daß es etwas anderes geben muß. Nur sagen wir es nicht. Es fängt ja schon beim Herrn Krebich an, der jeden Abend Eiernockerl mit Salat ißt und den Sport anschaut und nicht erlaubt, daß im Wohnzimmer geraucht wird. Die Frau Krebich sagt, wir zerstören unseren Teint. Sie möchte die Matura machen und dann studieren. Das erlaubt der Herr Krebich auch nicht. Weil die Mädchen in den französischen Kindergarten gehen, lernt sie jetzt Französisch in der Berlitz School, aber das befriedigt sie nicht. Sie sagt, Diplomatin wäre ihr Traum, aber die Familie geht vor.

Wien ist wahnsinnig groß, und man kennt sich nicht aus. Wenn man um eine Auskunft fragt, geben die Wiener immer eine Antwort, die davon ausgeht, daß man weiß, wovon sie reden, wenn sie einem einen Anhaltspunkt geben. Zum Beispiel Zweierlinie oder Bellaria. Das erschwert natürlich das Wohnungssuchen. Und man muß schnell sein, hat die Frau Krebich gesagt, weil die guten Sachen immer gleich weg sind. Da hat sie leicht reden. Mit der Straßenbahn oder mit einem Autobus kommt man ja nur langsam weiter, wenn man sich bei den vielen Linien nicht zurechtfindet.
Die Universität habe ich mir auch schon angeschaut. Sie sieht aus wie das Gymnasium bei uns daheim, nur größer, und die Professoren sehen auch alle so aus wie dort, nur sind sie meistens älter. Von der Kärntnerstraße kann man sogar zu Fuß zur Universität gehen, und deswegen wäre es ideal, wenn wir eine Wohnung in der Innenstadt finden könnten. Im Haus von der Familie Krebich gibt es einen Juwelier, der vermietet eine Wohnung um dreitausend Schilling. Aber so viel wollen unsere Väter nicht bezahlen.
Der Vater von der Lore ist leider sehr geizig. Seinem Hund gibt

Der Mann fürs Leben

Wir haben schon im Sommer einen Brief an das Wohnungsvermittlungsbüro Wippel und Co. geschrieben: «Sehr geehrte Herren! Wir sind zwei Studentinnen, achtzehn und einundzwanzig Jahre alt, und wir werden ab 1. Oktober dieses Jahres in Wien leben. Wir bitten Sie, uns mitzuteilen, ob Sie uns beim Finden einer passenden Wohngelegenheit behilflich sein wollen. Es handelt sich um zwei große, helle Zimmer, zentralgeheizt, evtl. Balkon, mit Telefon, in verkehrsgünstiger Grünlage, Bad und Küche, in Untermiete zu studentischem Preis. In Erwartung Ihrer Nachricht grüßen wir Sie mit vorzüglicher Hochachtung.» Und wir haben das Briefpapier aus dem Geschäft von Lores Vater verwendet, damit sie sehen, daß wir aus gutem Haus sind. Aber das Vermittlungsbüro hat nicht geantwortet, und jetzt sitzen wir bei der Familie Krebich.

Die Frau Krebich sagt, das war eine Illusion. Und von ihrer Jungmädchenzeit hat sie erzählt, wo sie jahrelang in einem finsteren Schlauchzimmer gewohnt hat, und das Essen hat sie sich in einem Reinderl aufgewärmt, und dort, wo sie in Untermiete war, hat es nicht einmal ein Klo in der Wohnung gegeben. Das kommt vor in Wien, daß Wohnungen ohne Klo sind.

Herr Krebich hat erzählt, wie er mit den alten Schuhen, die ihm sein Onkel geschenkt hat, hinter der Straßenbahn hergelaufen ist, um zu sparen. Bei drei Schneidern ist er gleichzeitig in die Lehre gegangen, und weil er so sparsam war und so fleißig, deshalb haben sie heute den Modesalon in der Kärntnerstraße. Die Frau Krebich hat er auf einem Ball kennengelernt, und es war sofort die große Liebe, weil er gesehen hat, sie braucht einen Beschützer. Als der Herr Krebich mit der Ausbildung fertig war, hat sie noch gewartet, ob er genug verdient, und

er immer nur die Haut von der Wurst, und zur Mutter von der Lore sagt er: Sparen, sparen, sparen! Die Lore ist drei Jahre älter als ich und hat schon ein bewegtes Leben hinter sich. Sie muß immer lachen über ihren Vater, weil er so ein Hinterwäldler ist. Wie sie sich frisiert und anzieht, da ist er ganz streng dagegen. Und ihre Mutter muß Zwirnstrümpfe tragen und einen Steirerhut, weil er glaubt, das ist elegant. Und so, wie die Lore ausschaut, würde man nicht glauben, daß sie aus Freistadt ist. Das hat sie in der Schweiz gelernt, wo sie bei einer Millionärsfamilie gelebt hat, au pair. Da hat sie berühmte Leute kennengelernt, auch einen Reeder, und wenn sie gefragt worden ist, von wo sie kommt, hat sie gesagt, sie ist aus Autriche. Aber dann hat ihr Vater geschrieben, sie muß zurückkommen und Lehrerin studieren oder sie wird untergehen.
Ihr Vater spinnt nämlich wirklich! Als sie noch ins Gymnasium gegangen ist, hat er einen Sessel hinter die Eingangstür gestellt, um sie zu kontrollieren. Und wenn sie leise hinein wollte, ist der Sessel umgefallen, und der Vater ist aus dem Schlafzimmer gekommen und hat sie gefragt, wie spät es ist. Meine Eltern sind da nicht so streng. Mich hat immer nur der Hund verraten, mit seinem Schwanzklopfen, weil er sich gefreut hat, wenn ich mit den Schuhen in der Hand hinaufgeschlichen bin.
Deshalb hat sich die Lore entschlossen, zur Austrian Airlines zu gehen. Bei der Aufnahmeprüfung hat sie auf und ab spazieren müssen mit einem Tablett voller Gläser, und in Sprachen ist sie auch geprüft worden. Jetzt wird sie eingeschult. Sie muß viel lernen, auch Medizinisches, damit sie für alle Notfälle in der Luft gewappnet ist.

Es ist ja sehr nett von den Krebichs, daß wir bei ihnen bleiben dürfen, einstweilen. Aber wir müssen immer alles bewundern. Die Frau Krebich beklagt sich über ihre Frisur, daß die Haare schon so lang sind, und sie möchte sie abschneiden, aber der Herr Krebich erlaubt es nicht, und dann macht sie den Knoten auf und läßt die Haare herunterfallen, und wir müssen sagen, es wäre so schade, und dann dreht sie sie wieder hinauf. Oder ihre Möbel. Und weil sie Blumen so liebt, müssen wir ihr immer welche kaufen. Das heißt, die Lore bringt die Blumen, und ich besorge ihr französische Taschenbücher und so, damit sie auch etwas Nützliches hat.

Das Zimmer, das uns die Dame am Telefon versprochen hat, gibt es leider nicht mehr, das heißt, die Dame hat es gerade eine Minute, bevor wir gekommen sind, vergeben. Sie sagt, in solchen Fällen, die günstig sind, muß man schnell sein. Aber sie verfügt über mehrere andere Alleinuntermieten, die noch günstiger sind. Ihnen kann ich es ja sagen, hat sie zur Lore gesagt. Wir haben ihr fünfhundert Schilling überreicht, damit sie uns die Adressen aushändigt, und die Dame wollte eigentlich pro Kopf fünfhundert, aber wir haben nicht mehr mitgehabt. Sie hat gesagt, sie verzichtet ausnahmsweise, bis wir das Zimmer gemietet haben, und die Lore hat ihr versichert, wir sind aus guter Familie und seriös.

Der Frau Krebich haben wir gleich alles erzählt, und sie hat gesagt, es ist eine Illusion, wenn wir glauben, daß wir jetzt etwas gefunden haben. Der Herr Krebich aber hat gesagt, wir sollen es gleich probieren, und bei der ersten Nummer war nur eine alte Frau, die hat gesagt, sie vermietet nicht, und bei der zweiten Nummer hat ein Herr gefragt, ob wir ein Adressenbüro sind. Nein, hat die Lore gesagt, wir sind Studentinnen und suchen eine günstige, komfortable Alleinuntermiete. Ja, sagt er zu ihr, das ist alles recht schön und gut, aber wie kann er wissen, daß wir kein Adressenbüro sind. Die Lore hat es ihm geschworen, und er hat dann gesagt, wir müssen sofort in den 20. Bezirk kommen, sonst ist das Zimmer weg. Wir haben gesagt, wir kommen, aber wir sind nicht hingefahren, weil uns die Dame gesagt hat, das Zimmer ist im Dreizehnten und in verkehrsgünstiger Lage.
Wir waren ganz verblüfft, weil die Dame doch einen Schäfer-

wohnen und daß mir alles neu ist. Er hat gesagt, das ist sehr interessant, und ob ich mit ihm eine Tasse Kaffee trinken möchte. Natürlich bin ich mit Freuden mitgegangen. Sein Zimmer ist modern eingerichtet, mit Büchern und Zeitschriften, und er hat mir eine Zigarette angeboten und Nescafé mit Kondensmilch. Die Frau Krebich hat gleich gefragt, wie alt er ist und ob verheiratet. Sie will einem alles kaputtmachen, nur weil sie selber keine schönen Erlebnisse hat. Und dann hat sich die Lore hervorgetan, daß sie Steuern zahlen muß, seit sie ein bißchen Geld verdient, und ich frage sie, ob sie nicht weiß, daß wir alle an den Staat, der für uns Brücken und Straßen baut, einen kleinen Teil abgeben müssen. Klar weiß ich das, hat sie gesagt. Also dann beklage dich nicht, habe ich gesagt. Aber mit dem Steuergeld wird doch so verschwenderisch umgegangen, hat die Frau Krebich gerufen, weil die Lore in der Geschichte mit dem Professor Montez auch zu ihr gehalten hat, und die Frau Krebich zahlt ja gar keine Steuern aus eigener Hand! Und dann schimpfen sie über die Politiker, und ich habe gesagt, daß die Politiker bestimmt besser wissen als die Lore oder sonst jemand, wie man mit der Steuer umgeht, denn sonst wären sie ja keine Politiker. Ein Politiker wird einer, der sich auskennt, habe ich gesagt, und die, die ganz oben sind, das sind schließlich die besten Köpfe Österreichs. Da hat mich die Lore beleidigt. Du lächerlicher Naivling, hat sie gesagt. Vor der Frau Krebich. Und ich habe dasitzen und mich belehren lassen müssen.

Daß das Klo auf dem Gang ist, das gebe ich zu. Das habe ich in der ersten Freude übersehen. Und auch, daß die Küche kein Fenster hat. Und hinter dem Vorhang haben wir kein Bad, sondern nur eine Dusche. Aber die Wohnung liegt zentral, gleich oberhalb vom Theater in der Josefstadt, und wenn wir ins Theater gehen wollen, haben wir nur ein paar Schritte. Aber die Lore sagt, sie will es zu Hause warm haben und daß es mein Fehler war, daß ich mich nicht nach der Heizung erkundigt habe. Ein Strahler über der Tür, sagt sie, ist keine Heizung, und

es tut ihr leid, daß sie eingezogen ist. Mir tut es jetzt ja auch leid, aber wir sind halt da, und wenigstens sind wir vor den Krebichs geschützt. Das Zimmer, in dem wir schlafen, ist ziemlich laut, weil unten die Straßenbahn vorbeifährt, und gerade unter unserem Fenster geht die Josefstädterstraße bergauf. Aber als ich die Wohnung besichtigt habe, hat die Frau, die mir die Küche und das Zimmer gezeigt hat, gerade genäht, und das Radio hat gespielt, und alles war ganz anders. Ich habe mir gedacht, hier ist es richtig heimelig, und so nah beim Theater, von dem Professor Guth gesagt hat, da muß ich oft hingehen, das hat er sich als Student so gern angeschaut, und wie sie vorher immer den Luster hinaufziehen, bevor es anfängt, und ich habe mir gedacht, wir haben ein richtiges Glück im Unglück. Die Frau selber hat gesagt, sie würde gern hierbleiben, aber jetzt hat sie eine Wohnung geerbt, und da muß sie übersiedeln, und diese Wohnung gehört dem Herrn Pokorny, der im Haus den Altwarenhandel hat, und wenn ich will, geht sie gleich mit mir zu ihm hinunter. Dann habe ich unterschrieben, und am Dienstag nach Allerheiligen sind wir von den Krebichs fort. Die Frau Krebich hat mir noch ein Sieb mitgegeben und eine Zitronenpresse, die sie nicht mehr braucht, und während sie mir noch mehr solche Sachen angeboten hat, habe ich immer nur gedacht, Gott sei Dank, das sind ihre letzten Worte.
Gleich in der ersten Nacht hätten wir beinahe Besuch bekommen. Zuerst haben wir geglaubt, es sind ehemalige Mitschüler von daheim, die uns mit Steinen wecken. Weil der Leutpold und der Hemmelsberger, die machen jede Woche einen Heimatabend, und sie haben uns schon im Sommer gefragt, wo wir wohnen, damit sie uns einladen können. Denen haben wir aber unsere Adresse gar nicht gegeben, weil wir ja nicht nach Wien gegangen sind, damit wir später einmal womöglich einen Provinzler heiraten. Aber es waren zwei fremde Männer, und sie wollten das Fräulein Kadletz sprechen. Ich habe hinuntergerufen, daß es hier kein Fräulein Kadletz gibt, und dann wollten sie wissen, wo das Fräulein Kadletz wohnt. Das tut mir leid, habe

ich hinuntergerufen, aber wir können Ihnen leider keine Auskunft geben. Da haben sie gefragt, ob sie zu uns heraufkommen dürfen, und ich habe das Fenster schnell wieder zugemacht.

Wegen unseres ersten gemeinsamen Frühstücks, das wir allein verbringen, bin ich extra so früh aufgestanden wie die Lore, und ich habe alles schön hergerichtet in der Küche und den Strahler eingeschaltet, damit es gemütlich ist. Aber sie hat nicht viel geredet, und als sie fort war, habe ich den Tisch abgeräumt und mich wieder ins Bett gelegt, weil es so ein kalter Tag war, und auf der Universität ist es ganz gleich, ob man hingeht. Die Professoren kümmern sich überhaupt nicht um den einzelnen, außer Montez. Sie stehen vorne und lesen etwas vor, und dann muß man sich in die Mensa setzen und warten, bis es in einem anderen Hörsaal weitergeht. Das dauert oft sehr lange, und die anderen kennen sich schon gut und rücken immer die Sessel zusammen, aber wenn sich jemand zu mir setzt, sind sie meistens zu zweit, und da hat man nur das Gefühl, man stört. Die Universität ist so riesengroß, daß man sich freut, wenn man jemanden sieht, den man schon einmal gesehen hat, auch wenn er einem nicht sympathisch ist. Aber man merkt, jetzt ist schon ein Fortschritt zu verzeichnen.
Ich weiß ja noch immer nicht, was ich studieren soll, und der Vater hat gesagt, schau dich um und dann entscheidest du dich, und er schenkt mir ein ganzes Semester. Er ist schon ganz anders als der Vater von der Lore, obwohl sie immer sagt: unsere Väter. Der Herr Talhammer ist ein Melancholiker. Mein Vater hingegen immer Optimist, und meine Mutter ist doch irgendwie glücklich mit ihm, weil sie sagt, er ist der sauberste Mann, den sie kennt. Und sie wünscht mir, daß ich bald den Mann fürs Leben finde, damit ich nicht mehr so einsam bin, und Reinlichkeit hat Vorrang.
Weil, ich habe ihr geschrieben, wie kalt es in Wien ist und wie sehr wir frieren und daß ich jetzt Sehnsucht habe nach ihrer Rahmsuppe und nach unserer großen Badewanne. Sie hat mir

gleich einen Expreßbrief geschrieben und gesagt, wenn ich Wirtschaft studieren wollte, dann wäre der Vater sofort bereit, daß er mir eine Eigentumswohnung kauft in Wien, mit Zentralheizung, aber so weiß er ja nicht, ob aus mir etwas wird, und er muß sein Geld dort investieren, wo es realistisch ist. Und sie hat mir wieder geschrieben, wie mein Vater pausenlos gestrebt und an sich immer nur gearbeitet hat und wie er oft unzufrieden mit sich war, denn nicht einmal eine Duschgelegenheit gab es damals.
Als ich mich hingelegt habe und trotz der Straßenbahn eingeschlafen bin, habe ich vom Krebich geträumt, daß er mir ein steifes, kariertes Kleid verkaufte, und vom Leutpold und vom Hemmelsberger, daß sie einfach bei uns eingezogen sind und gesagt haben, hier ist genug Platz für alle. Als ich aufgewacht bin, habe ich wieder gefrühstückt, weil es schon zu spät war für die Universität, und dann habe ich einen langen Brief an meine Mutter geschrieben, warum ich nicht Wirtschaft studieren kann und daß ich mich zu etwas Künstlerischem berufen fühle. Als ich mit dem Brief fertig war, ist die Lore aus Moskau nach Hause gekommen, und wir haben zu Abend gegessen. Dabei führten wir ein sehr langes und trauriges Gespräch darüber, daß wir bei unseren Eltern immer alle Lebensmittel gegessen und nicht bedacht haben, daß sie Geld kosten. Den Fisch, der noch im Eiskasten war, hat keine angerührt, nur damit ihn die andere ißt. Aber wir haben ihn geteilt und darüber gesprochen, daß es schon in unserer Kindheit Kinder gab, die wahrscheinlich von Kindheit an daheim redlich teilen mußten. Wenn bei uns die Eltern gesagt haben, das Leben ist teuer, dann haben wir immer gedacht, sie meinen unsere Kleider. Es war ein sehr besinnlicher Abend. Im Bett habe ich mir gedacht, ich werde eines Tages vielleicht ein Bein verlieren durch die Straßenbahn, weil ich immer so zerstreut bin, und ich bin lange wach gelegen und habe meine Hände auf meine Beine gelegt und war froh, daß ich sie noch habe.

Wie merkt man das, ob einer einen schlechten Charakter hat? Meine Kommilitonin, die Anna Kahl, sagt, der Montez hat einen schlechten Charakter, aber sie würde ihn heiraten, weil er ein guter Mann ist. Wörtlich. Seine Frau wartet, wenn er heimkommt, und sie befiehlt ihm, er muß es mit ihr tun, weil sie dann sieht, ob er sie betrogen hat oder nicht. Und daß eine Kollegin vom Institut nur deswegen geheiratet hat, damit der Montez nicht glaubt, sie ist ihm hörig. Heute habe ich die Lore zur Universität mitgenommen, damit sie ihn sieht, und wie ich ihn aus der Ferne gegrüßt habe, hat er seinen Kopf leicht geneigt. Die Lore sagt, ihr gefällt er und sie würde es tun. Aber bei ihr wäre es ja etwas anderes, denn sie hat es schon hinter sich, aus der Schweiz, mit dem Bruder von einem Filmstar.

Meine Mutter sagt, man muß verliebt sein, wenn man es tut, und wirklich schön ist es nur beim ersten Mal. Und man braucht es nicht, als Frau. Aber die Frau Talhammer sagt, man braucht es und es wird sogar schöner und schöner. Der Herr Krebich hat gesagt, er macht es bei seiner Frau immer so, daß er nicht aufhört, bevor er nicht weiß, daß sie ganz glücklich ist. Unter vier Augen.
Bei mir müßte es einer sein, der daheim die Stiegen hinaufgeht, und oben steht der Papa und schüttelt ihm die Hand. Sie setzen sich ins Wohnzimmer und führen ein geistreiches Gespräch, und er muß meinem Vater irgendwie überlegen sein, damit er ihm das Wasser reichen kann. Aber der Professor Montez kann ja nicht einmal ordentlich Deutsch, und gegen Südländer ist mein Vater sowieso. Jedenfalls habe ich heute, als mich der Montez gefragt hat, ob ich Zeit und Lust hätte für einen Kaffee, einfach gesagt, ich werde dringend zu Hause erwartet.
Er schaut mich immer an, wenn er etwas Idiomatisches erklärt, und dann stellt er eine Frage, dabei läßt er seinen Blick durch den Hörsaal schweifen und dann auf mir ruhen, und wenn ich glaube, ich bin gemeint, sagt er den Namen von der, die neben mir sitzt. Und dann kommt er hinter seinem Pult hervor und

geht durch die Reihen, und genau neben mir bleibt er stehen, und er stellt eine schwierige Frage, und er schaut ganz woanders hin, und dann meint er mich. Die Anna Kahl sagt, so macht er es immer. Und heute, als wir in den anderen Hörsaal gehen mußten, weil unserer besetzt war, hat oben über dem Plafond jemand stark getrampelt. Und der Professor Montez, der ganz vorne steht und in sein Buch schaut, fragt mich auf einmal, was ich glaube, wie viele Pferde da über uns galoppieren, und er fragt mich sogar mit Namen, und dabei schaut er kein einziges Mal von seinem Buch auf.

Ich finde ihn respektgebietend, aber ich weiß nicht, ob es richtig ist, wenn ich durch ihn zur Frau werde, weil mir ja später der Mann meines Lebens begegnen wird, und dann fragt er natürlich, warum ich nicht auf ihn gewartet habe.

Die Lore war bei ihren Eltern. Da läutet es an der Tür, und der Leutpold und der Hemmelsberger stehen draußen und fragen, ob ich mit ihnen nach Sievering fahre, dort wird nämlich ein Film gedreht über das Leben und Sterben vom Kronprinz Rudolf. Sie wirken mit als Statisten, und ich soll mich auch anmelden. Jetzt habe ich mir gedacht, das kann nicht schaden, weil ich ja ohnehin solche Schwierigkeiten habe mit dem Montez, und ich bin mit ihnen hinausgefahren. Dort war schon eine lange Schlange. Eine Frau hat immer Fotos hergezeigt von ihrer Tochter, die eislaufen kann, und der Mann in dem Besetzungsbüro hat immer gesagt, er muß die Tochter zuerst sehen und es ist wichtig, daß sie tanzt. Dann hat er den Leutpold und den Hemmelsberger gefragt, ob sie Linkswalzer können, und sie haben gleich gesagt: Ja. Sie haben mir zugezwinkert, ich soll auch ja sagen, und der Mann hat sie noch gefragt, ob sie sich Schnurrbärte wachsen lassen können. Dann war alles erledigt, und ab jetzt müssen wir den Linkswalzer üben, und wenn die Lore will, kann sie auch mittun, dann spielen wir in Mayerling zu viert! Ich habe mit dem Leutpold, weil er mir irgendwie näher steht als der Hemmelsberger, der fad ist, mit dem Leutpold habe ich also besprochen, was mich die ganze Zeit so beschäftigt, und er hat gesagt, von einem Achtunddreißigjährigen hat eine Frau nichts mehr. Jetzt kenne ich mich überhaupt nicht mehr aus.

Montez, zu mir: Sie sind ein Vulkan kurz vor dem Ausbruch! Und er hat gesagt: Es ist möglich, daß Sie ein Eisberg sind, von dem ich nur die Spitze sehe. Und er hat auch gesagt, ich brauche ihn sehr, mehr als jede andere, weil ich completamente allein bin. Das sagt auch der Leutpold.
Ich habe einen Kommilitonen ersucht, er soll mir vom Professor Montez eine spanische Zeitschrift bringen für mein Referat. Aber der Montez hat verlangt, daß sich die Kommilitonin, wer immer sie sei, die Zeitschrift bei ihm selber hole. Also bin ich hingegangen, und er hat gefragt, ob ich einen Kaffee trinken möchte. Und während er mit seinem Löffel in seiner Tasse rührt, lächelt er mich sehr bedeutend an, nicht wie sonst. Und dann sagt er, er wollte wirklich nur mit mir Kaffee trinken, um mit mir Kaffee zu trinken. Aber nun, da ich Erkundigungen bei Kommilitoninnen über ihn eingezogen hätte, würde er mich zum Kaffee einladen, um nicht nur Kaffee mit mir zu trinken. Und es sind solche, hat er auf Spanisch gesagt, bei denen ich Erkundigungen eingeholt habe, die selber die ersten wären, die mit ihm Kaffee trinken möchten, und sie sagen es aus Neid, so daß ich nicht kommen soll, weil ein Blick von ihm genügen würde, und dann wären sie da, und manche versuchen ihm zu entgehen, indem sie während der Vorlesung in den Waschraum flüchten und sich befriedigen. Ob ich das verstanden habe, hat er gefragt, und ich bin immer nur dagesessen, und meine Hände haben so gezittert. Jetzt gehe ich nur noch in die Anglistik.

Die Lore hat es nicht erlaubt, daß wir in der Josefstädterstraße Linkswalzer tanzen, jetzt müßten wir das bei dem Leutpold im Zimmer machen, aber mir ist die Freude schon vergangen. Ich finde, wenn es mir bestimmt ist, Filmstar zu werden, dann muß es sich von selbst ergeben, wie das der Fall gewesen ist bei fast allen Entdeckungen. Der Leutpold glaubt ja immer, er kann mit mir beim Tanzen schmusen. Er sagt, ich bin eine Jungfrau aus mangelnden Umständen und wenn ich will, können wir das Übel beseitigen. Und er ist ja sehr nett, aber er gefällt mir eben nicht. Seine Haare stehen immer vom Kopf weg, als wenn er gerade geschlafen hätte, und seine Kleider sind altmodisch, weil ihm die Frau Leutpold nichts kauft. Sie kann es sich nicht leisten, sagt sie, daß sie alle ihre fünf Söhne einkleiden läßt bei Homolka oder wo. Mit der Lore verstehe ich mich jetzt in vieler Hinsicht nicht mehr so wie früher. Sie hat Freundinnen, die sind alle bei der AUA, und obwohl sie sagt, die sind so primitiv, geht sie mit ihnen immer in die Künstlerlokale, und da kann ich natürlich nicht mit, schon weil ich nichts zum Anziehen habe. Die Mutter von der Lore schickt manchmal Geld, aber meine Mutter traut sich das nicht. Einmal war ich mit dem Leutpold, dem Hemmelsberger, einem Grazer und einem Wiener im «Scotch», und ich habe mich gar nicht tanzen getraut wegen meinem Kleid. Der Leutpold hat es gemerkt, daß ich verlegen bin, und er hat dem Wiener Studenten erzählt, wie gut ich Englisch spreche. Da hat der Grazer gesagt, seine Freundin kann sicher besser Englisch als ich, weil sie im Sommer in Amerika war. Ich habe ihn gefragt, ob das wirklich wahr ist, und er hat gesagt, er will ja damit nicht prahlen. Jetzt habe ich gesagt, es imponiert mir nur, und ich frage ja nur.

Gottes Wege sind verschlungen! Ich sitze über dem *Kurier*, weil die Tante Olga gerade keine Zeit hat für mich, und sie hat gesagt, ich soll den *Kurier* lesen, bis sie mit dem Staubsaugen fertig ist. Und da fällt mein Blick auf eine winzige Notiz im Kulturteil. Weil ich jetzt so viel Zeit habe bis zum Februar, wenn das neue Semester beginnt und ich dann ordentlich irgend etwas anderes studiere, habe ich zu Papas Verwandten in Wien Kontakt aufgenommen. Und bei der Tante Olga bin ich lieber als beim Großonkel und seiner Familie. Die Tante Olga wohnt auch in einer Zweizimmer-Küche-Bad-Wohnung, und wenn man zu ihr kommt, hat man es schön warm und bekommt immer einen Tee mit Rum. Und eigentlich war ich unterwegs zu einem politischen Vortrag im Auditorium maximum, einfach, damit ich mich bilde. Bei der Tante Olga wollte ich dann nur vorher ein Viertelstündchen plaudern, weil ich ja mit der Lore gar nicht mehr reden kann, seit ich gesagt habe, mit ihrer Perücke sieht sie aus wie eine alte Operettensängerin, die bewegen sich auch so unnatürlich. Und beim Lesen der winzigen Notiz denke ich, daß mich so etwas wie die Situation des österreichischen Jungfilms doch mehr interessieren sollte als das, was im Auditorium maximum vorgetragen wird, weil es sowieso genug politische Bücher gibt, und so bin ich nicht zur Universität gegangen, sondern hinein in den 1. Bezirk auf den Hohen Markt, und ich habe alle Jungfilme gesehen und bei der Diskussion zugehört. Und dann sagt eine Dame, daß für die geladenen Gäste im oberen Stockwerk Erfrischungen bereitstehen, und wegen der Erfrischungen bin ich eigentlich hinaufgegangen. Oben ist ein Herr ebenso abseits gestanden wie ich. Er hat ein Coca-Cola getrunken, und er hat gesehen, daß ich noch keines habe. Da hat er mir seines angeboten, und so kamen wir ins Gespräch. Er heißt Kurt Novak und ist Regisseur von Werbefilmen. Der hat mich in das Café Hawelka geführt, wo nur Künstler sitzen, und dort habe ich ihm die Hand hingestreckt und das Du-Wort vorgeschlagen. Er hat das Du-Wort angenommen, aber die Hand nicht. Er sagt, diese blöde österreichische Sitte des Handgebens kann er nicht leiden, er war zwei Jahre im Ausland. Wenn alle so wären wie der Kurt Novak, dann brauchte ich mir nicht immer Sorgen zu machen wegen meiner feuchten Hände. Und er hat mir die Telefonnummer gegeben von einem wichtigen Mann im Fernsehen, der sich junger Menschen annimmt, die künstlerisch etwas tun und lernen wollen. Und das alles nur, weil die Tante Olga mit dem Staubsaugen noch nicht fertig war!

Von einer Telefonzelle gegenüber der Staatsoper habe ich im

Fernsehen angerufen, aber es war jener Herr nicht persönlich am Apparat, und ich habe ihn auch nicht sprechen können, weil man gefragt hat, in welcher Angelegenheit. Und dann hat sie gesagt, der Oberspielleiter hat viele Termine und sie weiß nicht, ob sie mir einen geben kann. Ich habe gesagt, ich warte, solange es notwendig ist, und ich bin ja jetzt ständig in Wien. Da hat sie mir den 13. Dezember angeboten. Ich bin abergläubisch. Aber anders als die anderen Leute. Und wenn mir meine Mutter nicht frischgebackene Buchteln* geschickt hätte, expreß und eingeschrieben, wenn der Briefträger am 13. Dezember nicht um neun Uhr früh geläutet hätte, dann wäre ich gar nicht aufgewacht, und dann hätte ich mich gar nicht erinnert, daß ich den Termin im Fernsehen habe. Weil ja so viele Tage vergangen sind nach dem Telefonat. So aber bin ich sofort mit einem Schrecken hinaufgelaufen zur Nachbarin, die ein Telefon hat, und ich habe im Fernsehen angerufen und gesagt, daß ich mich womöglich um eine Viertelstunde verspäte, aber ich komme ganz bestimmt. So genau nehmen wir es heute nicht, hat sie freundlich gesagt, der Oberspielleiter ist gerade außer Haus gegangen, und es ist nicht sicher, ob er vor dem Nachmittag noch einmal zurückkommt. Ich habe gesagt, sie kann auf jeden Fall mit mir rechnen, auch wenn ich mich verspäte, und sie soll es den Oberspielleiter bitte wissen lassen. Dann hat mich die Nachbarin gefragt, mit wem ich telefonieren mußte in so einer dringenden Angelegenheit. Sie ist die ganze Zeit mit ihrer Trainingshose neben dem Apparat gestanden. Früher war sie eine Turnlehrerin, und als junges Mädchen hat sie zusammen mit den anderen Arbeitsmaiden im Englischen Garten den Führer gesehen, der hat ihnen Kakao und Kuchen kommen lassen, weil ihm die Wachauerdirndln so gefallen haben, und wie sie sich bedanken gegangen sind, hat er einer jeden von ihnen einzeln die Hand geschüttelt. Sie hat mir erklärt, wie ich am günstigsten ins Fernsehen fahre, und vor lauter Aufregung

* östr.-böhm.: Hausmannskost

bin ich sehr schnell gelaufen und habe im vierten Stock bei der angegebenen Tür nur ein Eisengitter vor mir gehabt. Da bin ich wieder hinunter und habe gesehen, daß ich in einem falschen Haus bin, und ich habe mich immer mehr gehetzt, bis ich dann endlich bei dem Oberspielleiter war.
Er hat sehr viel telefoniert, und zwischendurch hat er immer wieder mit mir gesprochen. Die Sekretärin ist auch ein paar Mal hereingekommen, und sie hat mich immer wohlwollend angeschaut. Und der Oberspielleiter hat gesagt, ich gefalle ihm gut, er nimmt mich, nur zahlen kann er mir nichts. Jetzt bin ich Volontärin beim Fernsehen.

Mein Gott, wenn die Leute wüßten, was ich da unterm Arm halte. Der Herr aus dem Zimmer, an dem ich dann geklopft habe, heißt Scharf, und er ist aus Deutschland. Als er gesprochen hat, habe ich das sofort gemerkt. Er fragt, ob ich vom Oberspielleiter komme, und ich bejahe, und er hat gesagt, ich soll mich setzen, dann gibt er mir etwas. In dem Zimmer war noch eine Frau, die heißt Schwarzl, und sie und der Herr Scharf sind per du. Statt Aschenbechern haben sie runde Blechschalen gehabt, und ich habe gefragt, was für Schalen das sind, weil ich es schon geahnt habe, und das Fräulein Schwarzl hat gesagt, da waren früher Filmrollen drin. Und wir haben geraucht, und der Herr Scharf hat mir zwei Drehbücher gegeben und gefragt, ob ich Englisch kann.

Im Fernsehen gehe ich bereits ein und aus wie ein alter Hase. Vom Kurt Novak habe ich den Tip bekommen, daß man besonders zum Portier freundlich sein muß, weil man eines Tages von seiner Gewogenheit abhängig sein kann, in einer vielleicht teuflischen Situation, und der Portier kennt mich jetzt schon und grüßt zurück.

Wir haben beschlossen, daß eine Trennung für uns das beste wäre. Die Lore hat ganz andere Interessen als ich, und wenn sie heimkommt, gibt es nur Streit, und so eine Freundschaft läßt sich auf die Dauer nicht halten. Sie hat gesagt, sie ist einverstanden, wenn wir dem Vermieter kündigen, und ab Jänner wohnt jede allein in einer Untermiete. Sie hat schon ein Zimmer in Aussicht bei einer Gräfin. Ich werde jetzt einmal in aller Ruhe in die Weihnachtsferien fahren, und dann hoffe ich, daß mir die vielen Leute, die ich im Fernsehen schon kenne, eine Untermiete verschaffen, denn in Wien ist es so, daß einer, wenn er eine Wohnung hat, immer sagt, es war ein Zufall. Es geht in Wien alles über Beziehungen, und wenn nicht, dann bleiben mir noch immer der Großonkel und seine Familie.

Es war ein feierlicher Augenblick, als mich mein Vater fragte, was für einen Eindruck ich von meinem ersten Semester an der Hochschule habe. Und ich sage, daß man auf der Universität unheimlich viel lernen kann, wenn man den festen und unerschütterlichen Willen hat, und daß ich die Lieblingsschülerin vom Hochschulprofessor bin. Da hat sich mein Vater aufgerichtet und stolz zu meiner Mutter geschaut. Vom Fernsehen habe ich vorläufig nichts erzählt, weil es einfach zuviel für sie wäre.

Es ist sehr schön daheim, zu jeder Jahreszeit. Aber man kann sagen, besonders im Winter. Da liegt alles voll Schnee, und wenn man spazierengeht, knirscht es unter den Füßen. Vom Eislaufplatz hört man schon von weitem die Musik aus dem Lautsprecher, und man kann zuschauen, wie die Kinder laufen und schreien. Unser Hund stützt sich immer von der Mauer ab, damit er alles genau anschauen kann. Er ist so ein lieber Kerl, der alles versteht. Nur reden kann er nicht, sagt die Großmutter immer. Und er ist für alles dankbar, was man ihm tut. Man trifft lauter Leute, die man kennt, und alle fragen einen, wie es einem geht in Wien, und man sagt, gut, und dann fragen sie, was man studiert, und dann sagen sie, das ist recht, so wird der Papa eine Freude haben.

Am Heiligen Abend war die ganze Familie vereint unterm Lichterbaum, und wir haben «Stille Nacht, Heilige Nacht» gesungen. Diesmal habe ich dem Papa ein ganz besonderes Geschenk gemacht. Auf ein Telegramm habe ich geschrieben, daß der Umsatz bedenklich zurückgegangen ist, und unterschrieben ist das Telegramm mit der Firma Marlboro. Weil ich das Gelübde gemacht habe, wenn mich das Fernsehen behält, dann höre ich auf mit dem Rauchen. Und ich habe es gehalten, und immer wieder hat mein Vater gesagt, das Weihnachtsgeschenk von mir ist das schönste Geschenk, das er je bekommen hat.

Die Mutti hat mir noch Buchteln mitgegeben, und die Großmutter hat mir Speckbrote eingepackt und sogar Eier, aber die hat die Mutti wieder herausgetan, ohne daß es die Großmutter merkt. Sie glaubt, wer nicht zu Hause ist, muß verhungern.

Die Tante Olga meint, ich soll studieren, weil ich einen Beruf brauche. Jetzt bin ich ihr zuliebe zu einem psychologischen Berufsberater gegangen, was er für mich glaubt, und er hat mich gleich gefragt: Parlez-vous français? Ich habe gesagt: Oui, un peu. But I speak English jolly well. Dann habe ich lauter Fragen beantwortet, ob ich schon einmal schwarz mit der Straßenbahn gefahren bin, und ich habe das Ja angekreuzt, weil ich in einer Zeitung gelesen habe, solche Fragen stellen sie in solchen Tests nur, damit sie die Ehrlichkeit erkennen. Und ich habe angekreuzt, daß ich manchmal grundlos schwitze und daß ich schon einmal etwas gestohlen habe, und alle peinlichen Fragen habe ich mit Ja beantwortet. Dann waren Bilder, bei denen mußte ich die Männer aussuchen, die mir sympathisch sind und die, die mir unsympathisch sind. Ich habe immer die Unsympathischen als die Sympathischen hingestellt und umgekehrt, damit sie sehen, ich habe keine Vorurteile. Auf der Schreibmaschine habe ich ihnen dann einen Brief geschrieben, da sind sie alle herumgestanden und haben nur so geschaut. Weil ich mit zwei Fingern sehr gut tippe. Und dann hat der

Psychologe gesagt, jetzt kommt nur mehr eine kleine Formalität, und er hat mir etwas diktiert, aber mit der Stenographie ist es nicht gegangen, das war ja ein Freigegenstand, und da kann man in der Schule nicht durchfallen. Da haben sie gesagt, ich soll Stenographie lernen und dann prüfen sie mich noch einmal und sie hätten eine schöne Stelle in Aussicht in einem Chemiewerk als Chefsekretärin. Aber das hätte mich ohnehin nicht interessiert. Und wenn überhaupt Sekretärin, dann möchte ich aber nicht in einer Fabrik arbeiten, da kommt man nämlich nur unter Wirtschaftsleute. Die Tante Olga sagt, ich kann bei ihr wohnen, bis ich eine Untermiete habe, und das mit dem weiteren Lebensweg soll ich mir inzwischen durch den Kopf gehen lassen, damit ich nicht später einmal sagen muß, es hat mich niemand gewarnt.

Aus dem Brief, den mir meine Mutter geschrieben hat, geht hervor, daß mein Vater nicht versteht, worum es mir geht. Jetzt fängt er auch schon so an wie der Talhammer. Die Sicherheit, schreibt sie, liegt meinem Vater für mich am Herzen, und wenn ich einmal eine Sicherheit habe, dann kann ich ja etwas anderes anstreben, aber ich brauche immer den starken Rückhalt. Die Tante Olga findet, er hat recht, und sie geht in einigen Jahren in Pension, und wenn sie nicht immer einen sicheren Beruf gehabt hätte, würde sie irgendwann mittellos dastehen. Sie sagt oft Sachen, wo man dann nicht widersprechen kann.
Vom Großonkel eine frühere Bekannte, deren Mann mit ihm befreundet war, hat ein Zimmer zu vermieten in Gürtelnähe. Das haben wir uns angeschaut, die Tante Olga und ich, und es kostet nur vierhundert Schilling. Dafür ist es klein, aber ein Aschenbecher steht drin, und die Dame raucht selber, da war ich gleich beruhigt. Im Februar kann ich einziehen. Den Ofen werde ich mir selber einheizen müssen, hat die Dame gesagt. Sie ist verwitwet und lebt ganz allein. Da wird sie froh sein, wenn sie eine Gesellschaft kriegt. Bis dahin bleibe ich noch bei der Tante Olga. Der Großonkel und seine Familie sind, glaube

ich, eifersüchtig. Da ist etwas zwischen der Tante Betty und der Tante Olga, was ich nicht verstehe. So eine unbestimmte Spannung. Die Hanni kommt manchmal auch zur Tante Betty auf Besuch, und da will sie gar nicht mehr heimgehen, und die Tante Betty muß sie direkt wegdrängen. Und immer, wenn die Tante Olga nicht weiß, wo ihre Tochter ist, ruft sie bei uns an und fragt, ob wir vielleicht die Hanni daran erinnern, daß sie ein Zuhause hat. Und zu mir sagt sie, ich bin eine untreue Seele. Und wenn die Tante Olga mit ihr telefoniert, bewegt sie sich immer so hölzern, wie sie das sonst nur macht, wenn ihr geschiedener Mann auf Besuch kommt. Der ist wieder verheiratet, und er redet mit mir immer sehr hochnäsig. Seine Frau sieht nicht gern, daß er die Tante Olga immer noch besucht, und sie ruft dann an. Die Tante Olga hat ihm schon geraten, er soll seine zweite Ehe nicht aufs Spiel setzen, aber er kommt immer wieder und sitzt sehr lange da, fragt nach ihrem Auto, ob alles funktioniert, weil er ihr bei der Scheidung das Auto geschenkt hat. Zehn Jahre war die Tante Olga glücklich mit ihm, aber dann nicht mehr. Sie sagt, er hängt an ihr, weil er ein Gewohnheitsmensch ist, und sie war am Anfang so froh, daß er gleich eine andere gefunden hat, weil der Onkel ein Mann ist, der versorgt werden muß. Ich mag ihn nicht, weil er auch immer sagt, man muß ein greifbares Ziel vor Augen haben. Dabei ist schon das Leben auf der Universität etwas vollkommen Ungreifbares. Sie protestieren gegen alles und teilen Zettel aus, wo man sich anschließen soll zu Kundgebungen, und sind aber immer so unhöflich, wenn man Anschluß sucht. Beim Inskribieren zum Beispiel, da hat mir keiner geholfen. Jeder hat gesagt, ja, das ist kompliziert und er hat selber ein paar Semester gebraucht, bis er es durchschaut hat. Und in der Mensa haben die wenigsten Manieren, wenn sie essen. Und sie studieren, aber wenn man sie fragt, was sie werden, dann lächeln sie einen so mitleidig an, und viele studieren, ohne daß sie überhaupt wissen, wohin das später führt. Und deswegen machen die meisten das Lehramt.

Von der Frau Huber der Kachelofen ist ein Dauerbrenner, aber er brennt einfach nicht an. Jetzt habe ich es schon mit ganz viel Papier und viel Kleinholz und nur einem Scheit und einer einzigen Kohle probiert, aber es hilft nichts, immer fällt alles zusammen. Und daheim schaltet die Mutter einfach am Hebel, und das ganze Haus ist warm. Die Frau Huber zählt ihre Äpfel in der Küche, und sie sagt, offene Milch verdirbt den Eiskasten, und sie redet kein Wort mit mir, deswegen will ich sie gar nicht fragen. Die Kohlen und Briketts habe ich mir selbst herauftragen müssen von der Brennwarenhandlung, und jetzt sitze ich da mit meinen zwei Säcken und friere. Sie hat drüben den Fernseher laufen, und es geht warm heraus aus ihrem Zimmer, wenn sie in der Küche verschwindet und wieder hinein zu sich, aber sie lädt mich nicht ein am Abend, und ich habe mir vorgestellt, wir werden Kekse essen und plaudern, und allmählich schließen wir Freundschaft, und sie gibt mir eines von den größeren Zimmern, wo sie alle Möbel mit Leintüchern verhängt hat.

Ich bin grad im Bad, und da läutet es an der Tür, und die Frau Huber redet mit jemandem, und als ich herauskomme, ist das Vorzimmer schon leer, aber in meinem Zimmer sitzt der Hemmelsberger. Ich habe ihn gefragt, wie er hereingekommen ist, und er sagt: Die Alte hat mich hereingelassen. Jetzt sind wir auf seinem Roller gleich tanzen gefahren, damit sich die Frau Huber nicht wundert. Aber ich habe wieder gemerkt, wie wenig mir das gibt. Zum letzten Mal war ich ja tanzen, als wir uns gegen den Grazer und den Wiener verteidigt haben, der Leutpold und ich, und schon damals habe ich mich fadisiert. In zwei Monaten werde ich neunzehn, wahrscheinlich liegt es daran. Den Heimweg haben wir zu Fuß machen müssen, weil der Roller nicht angesprungen ist.

Ich war jetzt wieder bei der Lore und ihrer Gräfin. Sie hat sich so verändert. Wenn ich sie frage, in was für Ländern sie schon gewesen ist, dann erzählt sie nur, was man dort kaufen kann.

Die Gräfin ist taub, und so kann die Lore Besuch haben, soviel sie will. Im Badezimmer stehen nur Toilettenartikel von *ihr*, und von der Gräfin sieht man fast gar keine Utensilien. Die Wohnung ist in einem Neubau und zentralgeheizt, und das Zimmer ist austapeziert und behaglich möbliert, und trotzdem beklagt sich die Lore über alles. Jetzt bekommt sie bald eine Eigentumswohnung, von ihrer Mutter, und sie beklagt sich jetzt schon, wie viele Jahre sie dann monatlich zahlen muß, bis ihr die Wohnung ganz gehört, und daß sie von der Fliegerei schon ganz fertig ist. Eine Frau in einem weißen Kleid, über die sie versehentlich einen Kaffee geschüttet hat, verlangt einen Schadenersatz, der weit über die Kosten des Kleides hinausgeht. Hingegen die Geschäftsmänner, die fast täglich nach Frankfurt fliegen und am Abend zurück, die beklagen sich nie, wenn sie ein paar Tropfen Tee auf die Manschetten bekommen, die sind sehr lässig und es schon gewöhnt. Und Filmschauspieler, die fliegen, sind furchtbar arrogant und glauben, das Personal ist nur für sie alleine da. Mir brauchst du nichts erzählen, Lore, habe ich gesagt. Aber als ich sie gebeten habe, daß sie mir hilft, wie ich mich eleganter kleide, hat sie gesagt, ich soll bescheiden sein. Sei froh, daß du studieren darfst! Ich bin so unglücklich, daß ich mein Studium aufgegeben habe!
Wenn das Telefon läutet, hoffe ich, es ist der entscheidende Anruf, der mein Leben verändert. Aber es ist nur für die Frau Huber, und sie und ihre Freundin fragen sich gegenseitig aus, was sie für Gemüse gekauft haben und was sie damit machen werden. Oder es ist der Hemmelsberger.

Jetzt schneidet uns den Ton eine neue Cutterin. Sie flirtet mit allen und will immer im Mittelpunkt stehen. Der Oberspielleiter hat sie gefragt, was für einen Spitznamen sie bei ihren Kollegen hat, und sie hat ihn gesagt, und dann hat er gesagt, sie hat wahrscheinlich keinen Bruder. O ja, hat sie gesagt, sie hat mehrere. Und über den Zweiten Assistenten habe ich mich auch wieder geärgert. Wir räumen die Tonbänder weg, und der

Erste Assistent (ich bin der Dritte) hilft mir, sie hinaufzutragen in den dritten Stock, wo wir die Kennmelodie gesondert aufbewahren. Dann sind wir noch zum Essen gegangen. Der Zweite Assistent, der Erste und ich. In dem jugoslawischen Restaurant haben sie zuerst über den Oberspielleiter gesprochen, ob er ein guter oder ein schlechter Regisseur ist, und dann über die Kunst an sich, und der Zweite Assistent hat gesagt, seine größte Bewunderung gilt dem alten Goethe, weil der immer krank war, aber so voll Saft, und da hat der Erste Assistent gesagt, *Faust II* ist unspielbar. Da hat der Zweite gesagt, so einer wie er, der Erste Assistent, darf das Wort Goethe nicht einmal in den Mund nehmen, und daß er, der Erste Assistent, jeden Scheiß macht, den ihm der Oberspielleiter anbietet, und da macht er selber lieber den «Briefmarkenfreund». Ich habe das gar nicht gewußt, vom Briefmarkenfreund! Und *Faust II* habe ich nicht zur Gänze gelesen. Aber der Erste Assistent hat gesagt, schließlich lebt ein «Herr Georg Scharf» ohne Schulden, und ein «Herr Georg Scharf» muß keine zwei Kinder ernähren. Daraufhin hat ihn der Scharf noch einmal beleidigt, und der Erste Assistent ist aufgestanden und hat gesagt, er wird wohl jetzt gehen. Da kommt der Kellner, und der Erste Assistent schaut mich an, und ich habe schnell gesagt, es geht alles von diesem Herrn auf meine Rechnung. Dann hat er das Lokal verlassen.
Auf dem Heimweg mit dem Scharf waren wir sehr betrunken. Und wir kommen zufällig am Ring beim Goethe-Denkmal vorbei, und ich sage: Schau, da sitzt er, aber da war der Scharf verschwunden. Eine Weile habe ich unter dem Denkmal gewartet. Dann bin ich immer das Burggartengitter entlanggewandert. Hinter dem Gitter war es stockfinster, aber der Ring ist beleuchtet, und ich habe mir gedacht, wahrscheinlich möchte der Scharf beobachten, was ich um Mitternacht allein anfange, wenn ich plötzlich ohne Kavalier dastehe. Also bin ich seelenruhig weitergegangen. Beim Parlament habe ich mich noch einmal umgedreht, aber ich habe ihn nicht gesehen. Bevor ich zur Albertgasse gelangt bin, habe ich noch ein paarmal ge-

hofft, er springt jetzt hinter einem Hauseck hervor. Aber er war verschwunden.

Warum ich am Samstag davongelaufen bin, fragt der Scharf. Ich habe gesagt: Das war doch eher umgekehrt der Fall, und so eine Unverschämtheit entspricht nicht dem Eindruck, den ich bis damals von ihm gehabt habe. Da sagt er, er mußte austreten, und er hat geglaubt, ich warte unter dem Denkmal. Dann hat er sich gedacht, ich habe auch austreten müssen, und er ist lange unter dem Denkmal gesessen und hat gewartet. Jetzt sind wir uns richtig in die Arme gefallen, und wir waren wieder beim Abendessen, aber zu zweit. In einem griechischen Restaurant, dort kennt ihn der Besitzer schon, und er hat uns einen Tisch mit Kerzenbeleuchtung in einer stillen Ecke zugewiesen, obwohl der Tisch eigentlich reserviert war. Wir haben griechisch gegessen und Retsina getrunken. Er riecht wie Limejuice, nur ist er sehr stark, und dann habe ich wieder einen ordentlichen Schwips gehabt. Der Scharf hat mich mitgenommen in die Wohnung, damit ich die Sitzmöbel sehe und die ganze übrige Einrichtung. Und dort haben wir viel gesprochen über Grillparzer und Schiller und Retsina getrunken, den sich der Scharf noch von dem griechischen Wirt hat mitgeben lassen. Der Georg hat von Strawinsky erzählt, wie sehr ihn diese Musik berührt, und ich habe ihm gesagt, ich muß das öfter hören, jetzt höre ich es noch nicht. Ich habe ihm erzählt, wie mir immer bei «O du süßestes Mädchen, seh ich dein Antlitz» ganz schwindlig wird, und dann bei dem Höhepunkt, wo man die Worte nicht versteht, und dann, wie Rudolf ganz am Schluß ruft: «Mimi!?» Oahahahahaha, wie er weint.

Wenn ich auf die Straße gehe, überlege ich immer: Lerchenfelderstraße hinunter oder Josefstädterstraße? Es könnte ja sein, daß ich auf der Lerchenfelderstraße gehe, und die Josefstädterstraße entlang geht der Mann meines Lebens. Oder umgekehrt. Weil doch der Zufall im Schicksal so eine wichtige

Rolle spielt. Und so stehe ich vor dem Haustor und schau zur Lerchenfelderkirche hinunter und zur Josefstädterstraße hinauf. Während ich stehe und schaue, kann der Mann meines Lebens natürlich nicht kommen. Es passiert nur, wenn man nicht daran denkt. Man darf nie etwas erwarten. Also gehe ich, wenn ich mich für die Josefstädterstraße entschieden habe, die Lerchenfelderstraße hinunter. Und umgekehrt. Damit der Zufall sein völlig freies Spiel hat. Aber der Mann meines Lebens kommt nicht, und ich frage mich, ob man dem Schicksal nicht doch etwas mehr nachhelfen sollte. Indem man den Gedanken an ihn völlig fallenläßt. Aber es drängt sich einem doch auf, sooft man das Haus verläßt, daß man jetzt unter die unzähligen Menschen kommt, mit denen Wien bevölkert ist. Und unter so vielen muß doch der Mann meines Lebens sein. Es gibt ja nicht einen Mann fürs Leben, sondern mehrere. Logisch gedacht, sitzt in Paris einer für mich und in London. Und in jeder Stadt, die mehr als eine Million Einwohner hat, gibt es durchschnittlich mindestens einen Mann fürs Leben. Und immer denke ich an ihn, wenn ich durch die Straßen gehe. Ich schau mir jeden an. Erwachsen wie ich bin, und gleichzeitig noch jung, sollte er mir längst begegnet sein. Jeden Tag kann ihm etwas zustoßen, und vielleicht kommt er gerade jetzt an die Falsche, und die hängt ihm womöglich ein Kind an. So wie der Kurt Novak. Der hat sich lange nicht blicken lassen, und vor einem Hutgeschäft in der Schottenfeldgasse sind wir uns zufällig begegnet. Er plant einen Bildband über Wien, dazu fotografiert er Schilder, auf denen steht, was in Wien alles verboten ist und auf welche Art sie es in den verschiedenen Lokalitäten verbieten. Zum Beispiel: Das Mitnehmen von Hunden ist behördlich untersagt. Aufzug darf nur von Kursteilnehmern benützt werden. Trauerhüte werden verborgt. Und dort erzählt er mir, daß er jetzt geheiratet hat, aber er wollte nicht, denn es handelt sich um eine frühere Freundin, mit der er aus Mitleid noch einmal zusammengekommen ist, und da ist sie schwanger geworden, und jetzt erwartet sie ein Kind. Er sagt, er weiß nicht, wie lange er das durchsteht.

Ich habe einen großen Blödsinn gemacht. Ohne den Scharf wäre ich nicht einmal draufgekommen. Der Oberspielleiter klopft die Pfeife aus und sagt, daß er jetzt leider noch auf seine Tochter warten muß, die aus einem Konzert kommt, und er wird mit ihr zum Abendessen gehen. Dann erst kann er nach Hause fahren. Und als er sich verabschiedet hat, habe ich ihm einen schönen Abend mit ihr gewünscht. Und er ist weg, und der Scharf sagt: Elegant, aber jetzt ist er stocksauer! Was, frage ich, warum? Stell dich nicht so naiv, sagt der Scharf. Aber ich verstehe nicht. Dann sagt er, ob ich denn wirklich nicht kapiert habe, daß mich der Alte zum Essen eingeladen hat, weil er noch warten muß, bis das Konzert zu Ende ist, und ich frage: Ist das wahr? Ist das wirklich wahr? Die Cutterin, die mit den Brüdern, sagt, es ist wahr, sie hat es schließlich auch gehört. Und ich laufe durch die Halle, so schnell ich kann, und hole meinen Mantel, aber ich ziehe ihn gar nicht an, hinaus auf die Straße und hinüber zum Parkplatz, aber da sehe ich gerade noch das Auto vom Chef die Argentinierstraße hinunterfahren und links abbiegen. Er hat nicht einmal in den Rückspiegel geschaut, so verärgert war er wahrscheinlich.

Der Herr Krebich ist vor der Lore in die Knie gesunken und hat gestöhnt: Lore, Lore! Aber sie konnte ihm nicht helfen, weil sie ein schlechtes Gewissen gehabt hätte wegen der Frau Krebich. Außerdem: Wem gefällt schon der Herr Krebich. Er hat die Lore gefragt, ob er wenigstens ihre Knie küssen darf, und sie hat es ihm erlaubt, um zu wissen, wie das ist. Aber dann hat er ihr den Rock hinaufgeschoben, und sie hat wiederholt: Es geht nicht, wegen Ihrer Frau, Herr Krebich! Sie hat ihm dann schwören müssen, daß sie nichts erzählt, und sie hat es ihm geschworen, weil er ihr Modelle schenkt, die er nicht mehr braucht. Trotzdem bin ich von ihm enttäuscht. Und der Leutpold ist auch kein wahrer Freund. Wenn ich ihm dezidiert erkläre, daß ich nicht schmusen will, braucht er nicht tiefer in mich zu dringen! Aber er wollte ausdrücklich hören, warum. Weil es mir nichts gibt, habe ich gesagt. Und mit alten Bekannten schmuse ich aus Prinzip nicht. Glaubst du, *mir* gibt es etwas, hat er gefragt, aber was sollen wir denn sonst tun? Warum kommst du denn in meine Wohnung, wenn du nichts machen willst? Weil ich geglaubt habe, wir sind gute Kameraden, habe ich gesagt. Ich kann es mir mit dem Leutpold nämlich schon gar nicht vorstellen, einfach, weil ich ihn schon zu lange kenne. Außerdem ist er ein echter Streber. Und da fragt er, ob ich mich befriedige. Ich habe lachend erwidert, ich wüßte nicht, wie so etwas gehen sollte. Da sagt er, ich soll nicht so blöd lachen und es lieber zugeben, es ist ja nichts dabei, *alle* befriedigen sich, und die Lore befriedigt sich auch. Ja, habe ich gesagt, das glaubst *du!* Weil du so ein Schwein bist wie alle aus der Provinz! Meine Freundin hat es auch abgestritten, sagt der Leutpold, bis sie es dann doch zugegeben hat, und ich habe sie gezwungen, daß sie es vor meinen Augen tut. Ich: Wenn du ohnehin eine Freundin hast? Ich habe ihm dann versichert, er kann mich bei Wasser und Brot in einen Turm sperren, und monatelang könnte er warten, und ich würde einfach nicht einmal wissen, *wie*. Und ich mußte hören, daß ich nicht normal bin, und dann habe ich schlagfertig geantwortet, daß ich mir das Liebesleben aufspare für den Richtigen. Der Leutpold fragt, was ich mache, wenn er mich jetzt vergewaltigt. Und ich habe kühl geantwortet, dann erzähle ich es seiner Mutter. Da hat er mir ordinäre Farbfotos gezeigt von einer Frau, die die Schenkel weit auseinander spreizt und wo man alles, alles sieht. Ich bin schnell nach Hause gegangen.

In Philosophie, da gibt es einen, der meldet sich immer zu Wort, wenn der Professor etwas erklärt, und er sagt, es ist seiner Ansicht nach ganz anders, weil er gelesen hat und so weiter, und der Professor bemüht sich, daß er ihm widerspricht, aber der Kommilitone gibt nicht nach, und er beruft sich zum Beispiel auf Jaspers. Jetzt hat der Professor gesagt, er soll sich nicht immer auf Jaspers berufen, Jaspers war ein Dilettant unter den Philosophen. Das ist irgendwie merkwürdig, denn der Name

Jaspers ist sehr berühmt. Wenn ich auch nicht weiß, worin er sich von dem, was die anderen glauben, unterscheidet. Aber unser Professor war mir nie ein Begriff, und der, der sich immer zu Wort meldet, beruft sich auch auf den anderen Philosophieprofessor, den es auf der Uni gibt, und jetzt nimmt ihn unser Professor nicht mehr dran, sondern sagt, er soll bei seinem Kollegen drüben im anderen Hörsaal studieren.
Ich möchte auf keinen Fall einer Irrlehre verfallen, und ein Studium, in dem man nicht sicher sein kann, daß man die Wahrheit lernt, kann ich doch gar nicht verantworten. Also gehe ich nur noch in Psychologie. Dort ist alles meßbar. Der Professor ist schon recht alt, und er liest aus dem Buch vor, das er selber schon vor vielen Jahren geschrieben hat. Er spricht langsam, so daß man bequem mitschreiben kann, und so deutlich, daß man automatisch die Wörter unterstreicht, auf die es ihm ankommt. Und alles ist sehr genau. Zum Beispiel über die konditionierten Reflexe. Da hat ein Russe einem Hund das Fressen gegeben, und gleichzeitig hat er rotes Licht aufgedreht. So lange, bis dem Hund, wenn er nur das rote Licht gesehen hat, die Speicheltropfen herausgefallen sind. Die Anzahl der Tropfen hat der russische Forscher gezählt und täglich aufgeschrieben. Dann hat er diesen konditionierten Reflex überkonditioniert, indem er das rote Licht aufgedreht hat, ohne Fressen, und einen Summton dazu, und so oft, bis er auf das Licht verzichten konnte und nur noch den Summton verabreicht hat, und dem Hund ist schon das Wasser im Mund zusammengeronnen, wenn er den Summton gehört hat. Später hat sich dann das beim Hund wieder gelegt, und die Reflexe sind nach und nach verklungen. Aber die Erfahrung, daß ein Hund so trainiert werden kann, läßt sich auch auf den Menschen anwenden, wahrscheinlich, und das ist Psychologie, 1. Semester.
Sicher müßte ich auch die Seminare besuchen und die Übungen, aber da muß man immer nur Testformulare ausfüllen. Ich setze mich statt dessen manchmal in einen Hörsaal, in dem eine geschichtliche Vorlesung stattfindet. Die Universität bietet ja

wirklich eine umfassende Allgemeinbildung. Ein Studium abschließen, das werde ich nicht können, weil alles wie im Gymnasium ist. Wer kann von sich jemals behaupten, er hätte ausgelernt? So, wie ich es mache, ist es irgendwie menschlicher, nur kann ein Großonkel das nicht verstehen, und die Tante Olga sagt, ich muß einen ernsten Willen zeigen. Den würde ich allen zeigen, wenn ich wüßte, wozu ich mich dann eines Tages eignen werde.

Als wir uns heute wieder in ihrer Küche begegnet sind, hat mich die Frau Huber gefragt, ob sie sich darauf verlassen kann, daß ich in ihrer Abwesenheit immer die Tür dreimal verriegeln werde, sie fährt nämlich auf Kur. Jetzt habe ich ihr gute Erholung gewünscht und mußte mir dabei die Zunge abbeißen, damit ich sie nicht bitte, ob ich in ihrer Abwesenheit in ihrem Wohnzimmer fernsehen darf. Aber mein Stolz hat es mir nicht erlaubt.

Bei diesem wundervollen Frühlingswetter sitzen wir nicht in der Kantine, sondern tragen unsere Tabletts mit den Mittagessen auf die Terrasse hinaus. Ich esse jetzt allein an einem Tisch, weil mich der Scharf ignoriert. Er überhört es, wenn ich guten Morgen sage, und später sagt er laut: Guten Morgen! Und fragt, warum ich nicht grüße. Einer von den Autoren hat mich gefragt, ob ich etwas Schönes erlebt habe, weil ich so zerstreut bin, und der andere Autor sagt: Was haben Sie denn heute nacht angestellt? Nichts, sage ich. Können Sie das beschwören, fragt der Oberspielleiter, und dann sagt er: Herr Scharf, Sie sehen heute so müde aus. Der Georg Scharf hat das aber nicht gehört, weil ihm gerade die Papierservietten vom Wind davongetragen worden sind. Oder ist sie vielleicht noch Jungfrau? fragt der erste Autor, und ich sage: Sicher bin ich das. Also Ihnen glaube ich das sogar, sagt der zweite Autor, und der Scharf ruft von seinem Tisch herüber, daß er seine Nächte im Weinviertel bei seiner Freundin zu verbringen pflegt. Und der erste Autor fragt, ob er mir einen Apfelsaft bringen darf, und ich sage; Danke, gern. Dann haben sie meine Garderobe bewundert, wie ich so eine Zusammenstellung in Grün trage vom Pullover über den Rock bis zu den Schuhen, und sie haben Erbserl gesagt, und dann sagt der erste Autor: Ach wäre ich doch ein Stengel, und der zweite sagt: Ach wäre ich doch ein Wurm! Das trauen sie sich nur, weil der Oberspielleiter in Deutschland einen Film dreht, und jetzt führt ein Schauspieler Regie. Der streicht mir jedes Mal, wenn ich ihm den Kaffee bringe, über den Popo. Es fühlt sich aber nicht unangenehm an. Und ich denke mir: Es ist angenehm, einen Popo zu haben. Und daß ich da früher nicht draufgekommen bin. Aber wie mir der Autor den Apfelsaft bringt, haben sie mich gefragt, ob ich noch nie einen Gespritzten gekostet habe, und ich kann ja nicht aufstehen und sagen: Heute ist mein Geburtstag, und wenn Sie wollen, lade ich Sie alle auf etwas ein. Der Scharf wenigstens müßte sich erinnern, daß ich Geburtstag habe, denn wir haben einmal festgestellt, daß wir *ein Sternzeichen* sind. Er hat aber jetzt diese Freundin, Regieassistentin bei «Guten Abend am Samstag». Sie holt ihn mit dem Auto vom Funkhaus ab, und mit unserem Ersten Assistenten ist sie per du.

Ich gehe wieder einmal hin, habe ich mir gedacht, und da war eine Versammlung vor dem Haupteingang. Einer hat einen Lautsprecher gehabt, und wie sie auf niemanden mehr gewartet haben, ist die Demonstration losgezogen, und ich bin mitgegangen. Es sind immer mehr geworden, je länger wir gegangen sind, und die normalen Leute haben uns zugeschaut. Dann hat der mit dem Lautsprecher verkündet, die Kollegen von der Technik werden bei der Oper zu uns stoßen. Da ist mir direkt die Gänsehaut über den Buckel geronnen, und ich war den Kollegen von der Technik dankbar, daß sie zu uns halten. Es ist nämlich so unverschämt, daß in Österreich die Studierenden viel weniger Geld bekommen aus dem Budget als in Schweden oder in der Schweiz. Da schneiden wir ganz schlecht ab, und vor dem Parlament sind wir stehengeblieben, und die Studenten haben gerufen, der Bundeskanzler soll herauskommen. Die Polizei war auch dabei. Sie sind unter den Bäumen gestanden und haben gewartet. Ich bin direkt neben einem Polizisten gestanden, deshalb war ich still. Leider ist der Bundeskanzler nicht herausgekommen, und als sich die Demonstration aufgelöst hat, habe ich mich beim Heimgehen irgendwie verwandelt gefühlt. Ich werde jetzt immer auch die vorderen Seiten in der Zeitung lesen, und jetzt interessiert es mich auch, warum eigentlich die französischen Kollegen damals mit Pflastersteinen geworfen haben. Überhaupt ist Politik wichtig, glaube ich. Auch in Österreich. Weil sonst der Oberspielleiter und die anderen nicht so oft lachen würden, wenn wir eine politische Nummer haben, und oft sagt er: Das ist leider sehr klaß! Und dann wird sie gestrichen.

Diese höheren Fügungen, ich glaube, sie finden statt. Zum Beispiel, wie die Tante Olga mit dem Staubsaugen damals nicht fertig war und ich den Kurt Novak dadurch kennengelernt habe und alles beim Fernsehen begonnen hat. Da war es eine Fügung. Wenn ich auch später manchmal bezweifelt habe, ob es eine gute war. Es müssen ja nicht alle Fügungen gut sein. Jedenfalls, es gibt sie. Und gestern, da kaufte ich ein Buch um hundertneunundachtzig Schilling, weil ich mir gedacht habe, es gehört einfach dazu, daß man liest, auch wenn es teuer ist, und heute sitze ich in der Kantine und warte, daß es fünf wird, damit ich die Geräusche holen kann. Und da kommt mir an einem Tisch ein Mann so bekannt vor. Er hat eine Pfeife in der Hand gehalten und mit einem anderen Mann sehr schnell geredet. Und mit der anderen Hand hat er sich immer wieder auf den Kopf gedrückt, als wenn er ihn niederdrücken müßte, daß die Gedanken nicht durcheinandergehen. Scharfe Mundfalten hat er gehabt, und eine lange Nase, und beim Reden hat er immer wieder seinen Sessel hin und her gerückt. Und auf einmal wird mir bewußt, daß es ein Schriftsteller ist, von dem wir sogar in der Schule einmal gehört haben. Mein Gott, habe ich mir gedacht, was soll ich jetzt tun! Und ich habe gehofft, er bleibt noch ein bißchen da. Und gerade, wie ich mir das wünsche, steht er auf und geht zur Kassafrau am Büffet und bestellt zwei Schnäpse. Die hat er sich dann selber hingetragen und nichts verschüttet, in jeder Hand ein Glas, und die Pfeife im Mund. Er ist also bescheiden, habe ich mir gedacht. Weil ja auch der andere, mit dem er gesessen ist, hätte aufstehen können. Jetzt bin ich zum Büffet und habe die Kassafrau leise gefragt, ob sie weiß, wer der Herr mit der Pfeife war. Nein, sagt sie. Und ich habe mir gedacht: Wer wagt, gewinnt, und ich bin hingegangen zum Tisch und habe ihn gefragt, ob er Herr Soundso ist, und er hat gesagt, ja, und warum, und da habe ich meinen Namen ausgesprochen und ihm gesagt, daß ich gerne lese, und er hat gesagt, da gratuliert er mir, und ob ich mit ihm den zweiten Schnaps trinken möchte, denn sein Kollege, ich weiß nicht mehr, wie, er ist, glaube ich, nicht so bekannt, hat es leider schon zu eilig. Dieser Mann, mit dem er gesessen ist, war ein ganz gewöhnlicher Mensch, vielleicht nur ein Angestellter vom Haus. Und der ist gegangen, und ich habe den Schnaps getrunken, und der Schriftsteller hat gesagt, jetzt muß er sich wieder herumstreiten mit den Radioleuten, weil die einen Hörfehler haben, wenn es ums Geld geht, und sie wollen, daß er einen Literatursalon leitet, aber da trinkt er lieber seinen Schnaps. Und dann hat er mir gesagt: Fräulein, es war bezaubernd! Und er hat sich beinah verneigt zum Abschied.

Unser letzter Arbeitstag ist es heute gewesen. Erst im September treffen wir uns alle wieder, weil die Schauspieler in Urlaub gehen. Wir haben herzlichen Abschied genommen, und jeder hat jedem die Hand geschüttelt. Der Oberspielleiter ist extra aus Deutschland eingeflogen, damit er die letzte Sendung vor dem Sommer selber macht, und er hat auch den Tontechnikern die Hand gereicht. In der Garderobe habe ich mich lange frisiert, damit der Scharf Gelegenheit hat, daß er noch etwas sagt. Aber er ist mit seiner Freundin vorbeigegangen und hat mich nicht einmal bemerkt, weil die Freundin Pakete getragen hat, und er war ihr behilflich, daß sie nicht stolpert. Sie wohnt jetzt in der Wohnung, bei ihm, und Samstag, Sonntag sind sie auf dem Land. Im Foyer ist der Oberspielleiter vor dem Fernsehapparat gestanden. Ich habe mich neben ihn hingestellt, damit er mich vielleicht heute einladen kann zu einem Abendessen, aber er war nur am Bildschirm interessiert. Und draußen, als ich gerade überlege, ob ich mir ausnahmsweise ein Taxi nehme, höre ich, wie jemand meinen Namen ruft. Der eine aus unserem Team, der mir an meinem Geburtstag den Apfelsaft gekauft hat. Und er fragt, ob er mich nach Hause bringen darf. Ich habe momentan eine richtige Wut auf ihn gehabt, daß er mich nach Hause bringen will und der Oberspielleiter nicht. Und ich habe geglaubt, er hat sicher nur einen Volkswagen, und es war aber doch ein größeres. Wir fahren, und er sagt, er hat eine Überraschung für mich. Was für eine Überraschung, habe ich gefragt. Aber er hat geheimnisvoll gelächelt und gesagt, es wäre ja keine Überraschung, wenn er es mir schon jetzt verrät. Also bin ich still gewesen und habe mir gedacht, er weiß vielleicht etwas über mich, und deswegen fährt er mit mir jetzt zu dem Schriftsteller, mit dem er vielleicht befreundet ist, und der Schriftsteller hat sich gewünscht, daß ich komme. Und wir sind an der Albertgasse vorbeigefahren hinaus aus der Stadt, und den Gürtel entlang, und dann waren schon weniger Häuser, und immer weniger, und auf einmal sind wir im Wald. So weit draußen also, habe ich gesagt, da sieht man wieder, wie groß diese Stadt ist. Ja, sagt er, er ist selber kein Wiener, und er hat jahrelang gebraucht, bis er sich ausgekannt hat, und es war eine harte Zeit, als er jung und mittellos war. Und dann bleibt er stehen und sagt: Wir sind da. Und er zeigt auf ein Gebäude mit dunklen Fenstern. Ich möchte Sie nämlich zum Abendessen einladen, sagt er. Gott sei Dank war das Hotel gesperrt. Dafür mußte ich mit ihm spazierengehen, und er war so parfümiert, daß ich die Waldluft gar nicht riechen konnte. Und vom Berg haben wir hinuntergeschaut auf das Lichtermeer von Wien, und er hat lange geschwiegen, als ob das ein gemeinsames Glücksgefühl wäre, daß er allein dort oben mit mir steht. Dann hat er mich gefragt, warum ich keinen Büstenhalter trage, und ich habe doch schon so viel gelesen über die Vorteile und Nachteile des Büstenhaltertragens oder -nichttragens, und diesbezüglich hat mich seine Meinung nicht interessiert. Also habe ich gesagt: Aus Vergeßlichkeit. Und da legt er seine Hand auf mein Kleid und sagt, er möchte so gern diesen Ort, wo er jetzt seine Hand hat, küssen, aber ohne Kleid. Er hat es irgendwie poetischer ausgedrückt. Ich bin seiner Hand ausgewichen, und auf dem Weg zum Auto habe ich mich für ihn geschämt. Er hat noch viel geredet und nichts getan, und er hat gesagt, alles würde nicht die Bedeutung haben, die es hat, wenn ich nicht ausgerechnet in der Krise seiner Ehe in sein Leben getreten wäre. Seine Frau ist Journalistin, und sie verstehen sich nicht. Bei diesem aus unserem Team war ich sehr froh, daß er verheiratet ist. Ich finde, er sollte seine Ehe retten.

Es ist alles viel schneller gegangen, als ich erwartet hätte. Das Telefon läutet, ich hebe ab und sage: Bei Huber! Bist du's? fragt eine Stimme. Die Frau Huber ist nicht da, sage ich, aber ich bin ihre Untermieterin, und wenn es dringend ist, kann ich Ihnen die Adresse von ihrem Kurort geben. Da hat die Stimme gefragt, ob ich es auch so gern mag mit dem Finger rundherum und hinein, und ich weiß nicht mehr, was die Stimme noch alles gesagt hat, weil ich so erschrocken bin. Und wie ich begriffen habe, daß das kein richtiger Anruf ist, habe ich aufgelegt. Ein paar Sekunden habe ich mich gar nicht wegbewegen können vom Telefon. Dann habe ich über dem Plafond Schritte gehört und draußen im Stiegenhaus, wie jemand heraufkommt. Ich habe die Tür dreimal verriegelt, und dann bin ich in mein Zimmer gelaufen und habe alle Sachen aus dem Kasten aufs Bett geworfen und den Koffer gepackt. Dann habe ich die Tante

Olga angerufen und gesagt, ich muß zu ihr, es ist etwas Furchtbares passiert, und sie wollte dauernd wissen, was, aber ich konnte nicht reden, weil ich ja nicht gewußt habe, ob der draußen an der Tür horcht und mich umbringt, wenn ich hinausgehe. Also habe ich nur ins Telefon geweint. Die Tante Olga hat gesagt, im Lebensmittelgeschäft sind Schlüssel, ich soll dem Lebensmittelhändler sagen, ich bin ihre Nichte, und dann soll ich in ihrer Wohnung warten, sie fährt in der Mittagspause heim. Dann habe ich ein Taxi bestellt, und in meiner Geistesgegenwart habe ich gefragt, ob ein fremder Chauffeur so gut sein könnte und mich vom dritten Stock auf die Gasse begleiten würde. Und wie der Koffer abgesperrt im Vorzimmer gestanden ist, da habe ich mich in der Wohnung von der Frau Huber noch einmal umgeschaut, und ich war dem Sexualmörder fast dankbar.

Es fuhren zwei durch den Schnee

16. Dezember 1968
Jemand klopft an die Fensterscheibe des Autos. Rafael dreht sie herunter. Es ist ein Mann, der sich hereinbückt, um uns etwas zu sagen. «Fahren Sie nach Italien?» fragt er auf spanisch mit ausländischem Akzent.
«Nein. Warum?»
«Werden Sie auf dieser Straße fahren?»
«Ja.»
«Könnte ich mit Ihnen kommen?»
«Es tut mir sehr leid, aber wir haben das Auto voll.»
Der Herr lächelt, obwohl er vollkommen durchnäßt ist. «Ich habe ein Auto», erklärt er uns, «und ich möchte nur hinter Ihnen herfahren, weil ich allein bin und es mir angst macht, in der Nacht zu fahren.»
«Gut», sagt Rafael, «wir fahren nicht weiter, wir werden beim nächsten Hotel anhalten, das wir finden.»
Der Mann im Regen zuckt die Schultern. «Gut, danke, ich werde sehen, ob ich jemanden finde.»
Wir verabschieden uns und fahren los. Und ich hatte schon gedacht, er sei ein Beamter, der uns festnehmen wollte!
«Armer Kerl, mir würde es auch angst machen, jetzt allein zu fahren», sagt Rafael.
«Mir kommt es vor, er war ein Österreicher oder Schweizer, wegen der Aussprache.»
«Ja, er war ein Schweizer, ich habe sein Auto gesehen.»
Der Regen hört nicht auf, auf die Scheiben zu trommeln, und der Scheibenwischer arbeitet unaufhörlich. Ohne ihn wäre es uns nicht möglich, weiterzufahren in dieser «tiniebla», Schleier oder Nebel von Nacht und Wasser.

Jetzt sind wir seit elf Uhr unterwegs. Nach einem ausgiebigen Frühstück, Kaffee mit Milch, Tortillas, Käse- und Schinkenbrote, sind wir losgefahren. Das Brot, den Käse und den Schinken, die übrigbleiben, wickeln wir in Papier und stecken es in den Sack. Wie Zigeuner sind wir mit dem Auto, so voll mit Koffern, Kisten, den Flaschen, den Aktentaschen...

Nach so langen Monaten in Spanien werden wir in Österreich sein, Rafael und ich, in unserem schönen Haus und mit meiner Familie, die uns verwöhnen wird, und es wird Schnee geben, und wir werden die ganze Zeit zusammen sein.

Wir kommen in ein Dorf, ohne Hotels an der Straße gesehen zu haben. Im Dorf gibt es einige, aber alle geschlossen. Es ist halb vier Uhr früh.

Im nächsten Dorf halten wir vor einem Haus, das hell beleuchtet ist. Es nieselt, und ich steige mit Rafael aus, für den Fall, daß englisch gesprochen werden muß. Wir klingeln am Haustor, aber niemand antwortet.

Rafael läuft ans andere Ende der Gasse, wo wir auch Hotellichter sehen. Aber auch dort macht niemand auf. Wir steigen ein und beschließen, weiterzufahren bis Perpignan.

Ich bin halbtot. Ich denke an nichts anderes als an ein heißes Bad und ein Bett mit ganz sauberen Leintüchern...

Die 16 Kilometer nach Perpignan verbringe ich in hypnotischer Trance... Ampellichter, Häuser auf beiden Seiten der Straße, Bäume... Das ist eine Stadt. Das ist Perpignan.

«Hier gibt es ein Hotel!» rufe ich und wache ein bißchen auf.

Rafael fährt hin, steigt aus dem Auto, redet mit einem Mann, der Nachtdienst hat, kommt zurück und sagt, daß ich aussteigen soll. Ich muß englisch sprechen, und es fällt mir schwer, ganze Sätze zu formulieren. Ich bin halb eingeschlafen, und ich will nichts anderes, als mich baden und in saubere Leintücher fallen.

17. Dezember 1968

Ein unausgeglichener Morgen. Wir haben schlecht geschlafen,

weil wir geistig und körperlich zu erschöpft waren. Schlechtgelaunt verlassen wir das Hotel, weil es teuer war und wir noch immer müde sind. Aber die Reise muß fortgesetzt werden. Wir trinken Bier und essen ein wenig in einem Restaurant auf der Straße von Perpignan Richtung Norden. Es ist ein Lokal mit großen Fenstern, alles sehr sauber und angenehm. Aber anstatt glücklich zu sein, weil ich mich auf der Reise nach Österreich befinde, bin ich traurig und leer. Ich möchte mich nicht benehmen, wie ich mich benehme, da Rafael keine Schuld hat. Trotzdem habe ich nicht genug Kraft, um meinen niedergeschlagenen Gemütszustand zu überwinden.

Wir fahren Kilometer um Kilometer und schweigen. Um zwei beginnt es zu nieseln.

«Versuch, ein wenig zu schlafen», sagt Rafael, «deck dich zu und schlaf.»

«Bist du auch müde?»

«Ja, aber ich kann besser fahren, wenn du wenigstens schläfst.»

Ich mache es mir bequem und mache die Augen zu, aber ich habe nicht genug Ruhe, um schlafen zu können. Ich lehne mich an Rafaels Arm, und er schiebt mich hin und wieder weg. Ich weiß nicht, ob er so nicht lenken kann oder ob er mit mir böse ist.

Um zehn Uhr fahren wir durch Lyon. Es regnet noch immer, und in einem Hotel in einer Gasse nah der Ausfahrt fragt Rafael, ob es Zimmer gibt. Sie haben keine. Und es macht uns nichts aus, weil Rafael das Haus sowieso nicht gefallen hat.

Wir fragen an einer Tankstelle, ob es an der Straße Hotels gibt, und sie bejahen.

Das Haus, in dem wir übernachten, ist weiß, mit einem Hof, einem kleinen Garten und Garage. Madame Bouvier heißt die Besitzerin. Sie ist eine blonde Frau mit weißer Schürze. Sie serviert Tee mit Zitrone für mich und ein Bier für Rafael.

Wir sind wieder glücklich und schauen uns sehr verliebt an, während Rafael sein Bier trinkt und ich meinen Tee.

18. Dezember 1968
Zwei riesige Porzellantassen, gefüllt mit Milchkaffee, erwarten uns im Frühstückszimmer, und Madame Bouvier wünscht uns einen guten Morgen. Rafael findet mich hübsch heute, und die Rechnung, die wir dann bezahlen, ist nicht hoch.
Lyon ist ertragreicher gewesen als Perpignan, auf jeden Fall. Wir verabschieden uns von Madame Bouvier, und ich habe diese kleine Frau gern, die schlanke, blonde, weil sie uns in ihrem Haus aufgenommen hat wie zwei verlorene Kinder. Und weil ich keinen anderen Menschen als sie im Hotel gesehen habe, kommt es mir vor, als gäbe es dort sonst niemand, nur sie und die schwarze Katze, die ich im oberen Stock gesehen habe, wo sich die Zimmer befinden. Es ist, als ob Madame Bouvier nur auf der Welt erschienen wäre, um Rafael und mich aufzunehmen...
Wir singen Lieder und unterhalten uns lebhaft. Wir haben Lyon um halb elf verlassen. Wir müssen nach Dijon und von dort nach Mühlhausen, Mulhouse, wie die Franzosen sagen. Ich erkläre Rafael, daß Elsaß und Lothringen keine rein französischen Gebiete sind, sondern daß sie einmal deutsch waren und deshalb viele Städtenamen deutscher Herkunft sind.
Es ist ein sehr glücklicher Vormittag, auf den ein ruhiger und friedlicher Nachmittag folgt. Rafael versucht, ein wenig zu schlafen, während ich das Auto lenke.
Wieder beginnt es zu nieseln, und ich bin sehr stolz auf mich, weil ich den Scheibenwischer einschalte, ohne Rafael wecken zu müssen. Ich schaue auch auf der Straßenkarte nach, ohne ihn zu wecken. Ich weiß, wie ich fahren muß, und es ist das erste Mal, daß ich ein Auto lenke, ohne daß jemand neben mir sitzt, der mich bewacht.
Später wacht Rafael auf und läßt mich noch ein wenig fahren, bis wir wieder die Plätze wechseln und er sich ans Lenkrad setzt.
Wir unterhalten uns und scherzen. Rafael möchte mir typisch spanische Schimpfwörter beibringen und ist sehr zufrieden mit meinen Fortschritten.

Schnee! Auf einem Hügel liegt er, weiß und frisch. Wir bleiben stehen, und Rafael steigt aus, um ein wenig in die Hände zu nehmen und einen Ball daraus zu machen.
Weiße Flecken aus Schnee zu beiden Seiten der Straße. Jetzt gibt es eine weihnachtliche Färbung rund um unsere Reise... Ich hoffe, daß es in Österreich Schnee geben wird!
Um vier Uhr nachmittags wird es dunkel, und mit jedem Kilometer nähern wir uns der deutschen Grenze. Wir kommen nach Mulhouse und fragen verschiedene Leute, wie man an die deutsche Grenze kommt. Aber niemand scheint das gut zu wissen. Endlich gibt es eine Frau, die uns den Weg zeigt. Wir müssen nach Chalampe, Chalampé fahren... Chalampé! Es heißt Chalampé und nicht Chalampe. Ich habe mich geirrt und es die ganze Zeit falsch ausgesprochen. Rafael freut sich, es ist ihm eine große Genugtuung, weil ich immer sein fehlerhaftes Französisch verbessert habe... Wie froh er jetzt ist! Chalampé heißt das Dorf an der Grenze, und da sind wir schon... Reisepässe... letzte französische Worte... Bald komm ich an die Reihe, weil von der deutschen Grenze an deutsch gesprochen werden muß, und ich werde das Französisch von Rafael nicht länger ertragen müssen.
«Ach, Rafael! Wir kommen nach Deutschland!»
«Freust du dich?»
«Ja!»
«Also, dann gib mir einen Kuß...»

Deutschland! Es ist nicht meine Heimat, aber ich höre den Zollbeamten meine Sprache sprechen, und er spricht, wie wir in Österreich sprechen, weil er ein Süddeutscher ist. Wie glücklich ich bin! Meine Heimat ist nah! Ich bin daheim!
Wir müssen eine Weile mit dem Zollbeamten an der Grenze verhandeln, weil wir viele Flaschen Cognac und Wein haben. Aber endlich lassen sie uns durch, ohne daß wir zahlen müssen. Wir wechseln Geld, kaufen eine Straßenkarte, bezahlen die Autoversicherung und können weiterfahren.

Die Nacht ist dunkel. Wir zünden zwei Zigaretten an, und Rafael fragt mich, wie spät es ist. Ich schalte das Licht ein und schaue auf die Uhr. Es ist fünf.

«Wie spät, glaubst du, daß es ist?»

Rafael lächelt. «Zehn», sagt er.

«Im Ernst! Was glaubst du?»

«Es wird acht sein.»

Jetzt lache ich. «Es ist fünf Uhr, mi vida.»

Wir sind froh. Wir rechnen mit der Möglichkeit, heute nacht vielleicht noch nach Österreich zu kommen.

«Welche Richtung müssen wir fahren?» fragt Rafael, als wir zu zwei großen Schildern auf der Autobahn kommen.

«Karlsruhe», sage ich.

«Sicher?»

«Sicher! Mach dir keine Sorgen!»

«Wie viele Kilometer sind es noch?»

Ich schaue auf der Karte. Ich sage es ihm.

«So viele?»

«Ja, mir scheint, daß wir heute nacht nicht ankommen werden.»

«Ich glaube auch nicht. Wohin müssen wir dann?»

«Karlsruhe, Stuttgart, Augsburg, Munich, Salzburgo.»

«Wie viele Kilometer sind es bis München?»

«Sechshundert ungefähr.»

«Und von München nach Freistadt?»

«Warte. Bis Salzburg ungefähr hundertachtzig, und von dort bleiben noch zweihundert ungefähr.»

Was für ein wunderbarer Abend. Eine Dunkelheit draußen. Man sieht nur die Lichter der Autos, die uns überholen. Wir fahren jetzt schneller. «Glatteisgefahr» steht auf einem Schild, und ich übersetze es Rafael.

«Glatteisgefahr», sage ich, «bestcht! Fahren wir langsamer, bitte! Wir kommen sowieso heute nacht nicht mehr an.»

Wir fahren jetzt mit neunzig Stundenkilometern, und ich bin glücklich, glücklich, glücklich.

«Was heißt ‹Bad›?» fragt Rafael.
«Therme. Die Städte oder Dörfer, die ein Warmbad haben, tragen vor ihrem Namen dieses Wort. Bad Leonfelden, zum Beispiel, hat eine Therme.»
Rafael freut sich, und als wir zum nächsten Schild kommen, auf dem «Bad» steht, weiß er schon, was das heißt, und freut sich sehr.
Wir fahren an Schildern vorbei, auf denen «Ausfahrt» steht, und Rafael fragt auch, was dieses Wort bedeutet.
«Ausfahrt heißt Ausfahrt von der Autobahn zum Dorf oder zur Stadt, in die man will.»
«Ah!» sagt er und freut sich wieder.
Wir fahren an der Abzweigung Richtung Heilbronn vorbei, und das bedeutet, daß wir schon mehr als hundert Kilometer zurückgelegt haben.
«Wir müssen tanken», sagt Rafael.
An der Tankstelle kann ich wieder in meiner Sprache sprechen und genieße es, daß die Leute, die dort sind, deutsch sprechen. An der Kasse, an der ich zahlen muß, werden Schokolade, Kekse und andere Sachen verkauft. Es gibt auch eine Sorte Brot, die «Kletzenbrot» heißt im österreichischen Dialekt. Es ist Brot mit Früchten, sehr nahrhaft. Ich kaufe es für Rafael, und für mich nehme ich auch ein Päckchen Traubenzucker mit.
Bevor wir weiterfahren, schreiben wir die Benzinliter auf, die wir verbraucht haben, den Preis, die Uhrzeit und die Kilometerzahl.
«Was für ein grausliches Zeug hast du mir gegeben!» ruft Rafael mit dem Mund voll Traubenzucker.
Ich erkläre ihm, daß dieses grausliche Zeug sehr gut ist für Nachtfahrer, Sportler und alle Menschen, die müde sind, aber sich in Form halten müssen. Ich zwinge ihn, noch ein Stückchen zu essen, aber er weigert sich. Aber das Früchtebrot schmeckt ihm, und während wir weiterfahren, stecke ich es ihm in großen Stücken in den Mund.
«Das Früchtebrot, das wir in Österreich haben, ist viel besser»,

sage ich. «Es ist nicht so süß und hat einen ganz besonderen Geschmack. Wir essen es im Winter.»
Ach, wenn ich denke, daß ich in Deutschland bin und der Mensch, den ich am meisten auf dieser Welt liebe, mit mir ist! Rafael mit mir, so nah bei Österreich!

Die Autobahn wird schlechter. Es gibt eine gefährliche Rinne zwischen den beiden Fahrbahnen, in der wir rutschen. Wir müssen die Geschwindigkeit reduzieren, und bis zehn Uhr fahren wir sehr langsam.
Auf einer Tafel sehen wir, daß es bis München zweihundertfünfzig Kilometer sind. Rafael ist müde.
«Weißt du, was wir tun könnten?» sage ich. «Wir trinken ein großes deutsches Bier und essen ein bißchen was!»
Rafael ist einverstanden. Es fällt ihm etwas ein. «Ich werde eine Wurst bestellen», sagt er, «diese dicken Würste, die sie mit etwas servieren, das wie Erdäpfel ist, aber ich weiß nicht, was es in Wirklichkeit ist. Weißt du, was ich meine?»
«Nein.»
«Es ist eine Art Salat mit Zwiebeln, kommt mir vor, aber ich bin nicht sicher. Das haben wir in München bekommen, als wir dort waren, und es war sehr, sehr gut.»
Ich stelle mir vor, daß er einen Kartoffelsalat meint. «Ist es kalt oder warm?» frage ich.
«Warm, glaube ich.»
«Dann ist es nicht das, woran ich denke. Ich weiß nicht, Rafael, was es sein kann. Aber ich werde eine Wurst für dich bestellen mit irgend etwas, was dir schmecken wird.»
«Und zwei große Biere!»
«Ja, mi vida.»
In der Ferne sehen wir die Lichter einer Tankstelle. Als wir ankommen, sehen wir, daß es auch ein Restaurant gibt, sehr groß; es macht einen guten Eindruck.
«Ich würde gern das Bier hier trinken», sagt Rafael.
«Ich auch. Ich habe einen riesigen Durst!»

Wir kommen zur Tankstelle, ich kurble das Fenster herunter und frage, wo wir parken können. Sie zeigen es uns, und wir fahren mit dem Auto hin.
«Ich bin sehr müde», sagt Rafael, «wenn das ein Hotel ist, bleiben wir. Ja?»
Wir sind einig. Weil wir beide müde sind.
Rafael nimmt das Geld, die Zigaretten und Zündhölzer, und er zieht den schwarzen Anorak an. Ich ziehe den Mantel an, der sehr zerknittert ist, und nehme meine Handtasche. Wir schließen das Auto ab und gehen über den kleinen Parkplatz zum Restaurant.
Es ist ein sehr helles und sauberes Lokal mit einem großen Saal und einer großen Bar. Während wir auf die Kellnerin warten, fange ich an, die Leute anzuschauen, die rund um uns sitzen. Von meiner Ecke aus kann ich sie gut beobachten, ohne daß sie es merken, weil sie weiter weg sitzen und mit ihrem Essen, ihren Getränken oder ihrer Begleitung beschäftigt sind, wie zum Beispiel der große, dicke Mann mit dem Trinkergesicht, der mit einer mageren, blonden Frau spricht.
Ich rauche eine Zigarette und bin sehr froh. Wenn die Kellnerin kommt, werde ich deutsch mit ihr sprechen können! Ich habe kaum die Speisekarte mit den Getränken gelesen, kommt sie schon. Es ist eine dicke Frau mit braunen Locken und sehr beschäftigt.
«Bitte sehr, Sie wünschen?»
«Zwei große Bier, eine Schweinsbratwurst mit Sauerkraut, ein Paar Wiener Würstel mit Senf!»
Sie bringt uns das Bier sofort. Einen halben Liter für jeden. Rafael lacht. «Das ist vielleicht eine cana», sagt er, «hast du Brot bestellt?»
Das habe ich vergessen.
«Sie bringt uns sicher welches», tröste ich ihn.
Aber sie bringt uns nur die Würste und sonst nichts, mit dem Sauerkraut, das Rafael wie grausliches Zeug vorkommt. Ich werde fast böse.

«Es ist heimisches Essen, Rafael, und du mußt es essen! Denn ich esse in Spanien auch die heimischen Sachen, nur weil sie heimisch sind! Und viele schmecken mir zuerst nicht.»
«Ich esse es, wenn du mir Brot gibst», sagt er. Ich stehe auf und bringe Brot von einem anderen Tisch. Es sind Wiener Semmeln, und sie schmecken uns sehr.
Das Bier ist stark. Es ist mir in den Kopf gestiegen. Aber das stört mich nicht. Im Gegenteil. Ich fühle mich ruhig, mit gutem Essen, mir ist nicht kalt, und ich bin in Deutschland...
Rafael ist begeistert von der Wurst. Er bedauert nur, daß er zur Wurst das nicht essen kann, was er in München gegessen hat.
Nachher trinken wir Kaffee, und für mich bestelle ich eine Torte. Schwarzwälder Kirschtorte. Etwas sehr Gutes, wovon ich glaube, daß es auch Rafael schmecken würde. Aber nein. Er sagt, diese Art Süßigkeiten schmecke ihm nicht, und er läßt sich kaum überreden, ein bißchen zu kosten. Es schmeckt ihm nicht.
Jetzt bin ich wirklich böse. Unglaublich, wieviel Verachtung Rafael Deutschland gegenüber empfindet. Wir reden eine ganze Weile nicht.
«Der Trottel dort drüben schaut dich an», bemerkt Rafael endlich.
«Wer?» Ich sehe keinen Trottel.
«Am Tisch gegenüber sitzt er. Der blonde, ungeschlachte Kerl!»
«Er wird betrunken sein», sage ich.
«So etwas wirst du nie in Spanien finden! Die Leute dort betrinken sich nicht einfach so. Aber die hier schon!»
Gut. Wir wissen schon, daß Rafael gern soviel wie möglich an Deutschland kritisiert. Ich bin weiter böse. Wenig später zahlen wir. Zwölf Mark und fünfzig Pfennig. Ich gebe ein Trinkgeld und frage sie, ob es hier Zimmer gibt, um zu übernachten. Sie sagt, daß ich mich an der Bar informieren kann.
Wir nehmen unsere Sachen und gehen zur Bar. Sie haben

Zimmer. Es ist ein Motel. Wir müssen einen kleinen Schein ausfüllen, bezahlen, und sie geben uns die Schlüssel.
«Das Auto können Sie vor der Tür parken», sagt das Fräulein.
Wir setzen uns wieder in unser Auto, fahren bis zur Tür vom Motel. Dort lassen wir es stehen, schließen gut ab, nehmen die Aktentasche und noch ein paar Sachen, die wir brauchen.
Die Nacht ist kalt, aber im Motel ist es schön warm. Wir haben eine Dusche und alle Bequemlichkeiten, die man sich wünschen kann.
Das einzige, was nicht gut ist, ist unser dummes Bösesein.
Wir sind die Trottel, nicht die versoffenen Deutschen.

19. Dezember 1968
Ein klarer und kalter Morgen. In der Nacht hat es geschneit.
Ich freue mich sehr und rufe: «Ach! Schnee!»
Aber Rafael, der an die Schwierigkeiten des Fahrens bei diesem Straßenzustand denkt, macht ein mieses Gesicht. «Ach!» macht er mich nach, mit Ironie und böse. Denn wir sind noch immer böse.
Wir haben alle unsere Sachen ins Auto gebracht und sind fertig zum Wegfahren. Wir wissen nicht, ob wir die Schlüssel in der Tür lassen oder sie dem Fräulein an der Bar bringen sollen.
«Warum frühstücken wir nicht, bevor wir wegfahren, und gleichzeitig lassen wir die Schlüssel dort?»
Es ist wahr. Ich denke wirklich nur ans Essen. Rafael ist nicht einverstanden. «Wir müssen schauen, daß wir heute zu dir nach Hause kommen», sagt er, «ich möchte keine Zeit mehr verlieren.»
Wir steigen ins Auto. Mir ist kalt, und ich hätte gerne heißen Kaffee und eine Buttersemmel gegessen.
Wir fahren auf die Autobahn und fahren weiter. Es ist kurz nach neun. Die Fahrbahn ist voll Schnee und Wasser. Wir haben einen Lastwagen vor uns, aber wir können ihn nicht überholen. Rafael fängt an zu fluchen. Hin und wieder übersetze ich

ihm: Glatteisgefahr. Aber er hört nicht auf mich. Er fährt nicht langsamer, und wir reden nicht. Wir verbringen eine gute Stunde, ohne uns irgend etwas zu sagen.
Aber die Explosion kommt. Wir schreien uns an. Rafael wirft mir vor, daß mein Benehmen, seit wir die deutsche Grenze überschritten haben, lächerlich ist, daß ich angebe mit meinem Deutsch und daß ich es ihm in jedem Moment beweisen will, daß ich keine Rücksicht nehme und mich auf eine dumme Weise stark fühle. Ich sage ihm, daß er, seit wir über die Grenze gekommen sind, nichts anderes getan hat, als zu kritisieren, und daß es seine Schuld ist, daß er nicht deutsch spricht, denn er hat genug Zeit gehabt, es zu lernen und hat nicht gewollt.
Wenig später, als alles schon gesagt ist, beruhigen wir uns, und wir merken, daß wir sehr dumm sind.
Wir entschließen uns, bis Salzburg durchzufahren und dort zu essen.
Wir kommen durch München.
In München ist dichter Verkehr, und wir fahren sehr langsam. Wir müssen uns auf die vielen Schilder konzentrieren und immer denen nachfahren, auf denen steht: Autobahn Salzburg.
Ohne uns zu verirren, kommen wir auf die Autobahn, und jetzt öffnet sich uns ein herrlicher Ausblick auf Wälder, und ein tiefblauer Himmel, viel Sonne und Schnee auf den Feldern. Es ist ein herrlicher Tag, und Rafael setzt meine Sonnenbrille auf, um gut zu sehen. «Wie wunderbar ist diese Landschaft!» ruft er. «Und wie leid tut es mir, daß meine Mutter das nicht sehen kann!»
Wir fahren jetzt sehr schnell, weil die Autobahn gut ist und es kaum andere Autos gibt.
Plötzlich sehe ich ein Schild rechts an der Fahrbahn. «Das ist nicht möglich», sage ich.
«Was?»
«Die österreichische Grenze muß in vierzig Kilometern kommen!»
Miguel glaubt es auch nicht, und ich beginne zu zweifeln.

BUNDESGRENZE steht auf dem Schild. Ich bin nicht sicher, ob das eine Landes- oder Staatsgrenze ist. Nach einer Weile bleibt Rafael stehen und läßt mich fahren. Wir schalten das Radio ein und hören einen österreichischen Sender. Was für eine Aufregung! Es ist ein Programm aus Wien, und die Leute sprechen ein sehr häßliches Deutsch, das niedrige Wienerisch.

Ich frage Rafael, ob ihm der Klang von dem, was im Radio gesprochen wird, gefällt, und er sagt nein. Mir gefällt es auch nicht.

STAATSGRENZE 4 KM steht auf einem Schild.

«Rafael! Wir sind vier Kilometer vor Österreich!» Das Herz hüpft mir, und Rafael wird auch sehr nervös. Ich fahre langsamer, und wenige Minuten später sind wir an der Grenze.

Ein Zollbeamter, blond, mit rundem Gesicht und sympathisch, hält uns an.

«Grüß Gott», grüßt er mich in österreichischem Deutsch, «von wo kommen wir denn?»

Ich grüße ihn auch mit «Grüß Gott!» und sage ihm in österreichischem Dialekt, daß wir aus Spanien kommen. Er fragt nach der Dauer unseres Aufenthalts in Österreich und andere Sachen mehr, über die Autoversicherung, Sachen, die wir bringen, und so weiter. Wir sagen ihm, was er wissen will, aber ohne zu erwähnen, wieviel Cognac und Wein wir wirklich haben.

Der Bursche ist sehr nett und kümmert sich nicht viel darum. Er sagt, daß wir Stempelmarken im Büro bekommen und daß wir dort auch Geld wechseln und die Autoversicherung zahlen können.

In der Stube werden wir gut bedient. Sie geben uns die Stempelmarken und das Geld, und ich sehe, daß es einen neuen Zwanzigschillingschein gibt. Ich frage den Beamten, seit wann es ihn gibt, und er sagt: Seit ungefähr drei Monaten ist er im Verkehr. Wir nehmen die Reisepässe, die Versicherung und das österreichische Geld und gehen hinaus ins Freie.

«Schauen wir, daß wir wegkommen, bevor sie uns noch Fragen stellen», sage ich zu Rafael.
Wir kommen zum Auto, und Rafael sagt, ich soll mich von dem Beamten verabschieden, der uns durchgelassen hat, damit alles harmlos aussieht. Ich grüße den Burschen aus der Ferne, und er kommt näher.
«Haben Sie nichts Besonderes mit?» fragt er.
Ich mache ein gelangweiltes Gesicht. «Nichts», sage ich, «außer so Kleinigkeiten wie die zwei Strohhocker und ein eiserner Don Quijote, ein Armband, also Geschenke ohne Bedeutung!»
«Ist gut», sagt der Bursche auf österreichisch und beschäftigt sich mit einem anderen Herrn, der auch über die Grenze will.
«Danke schön!» rufe ich, und wir steigen ein.
Was für Glück wir gehabt haben! «Siehst du, Rafael, so sympathisch sind wir in Österreich.»
Aber Rafael hat kein Gehör mehr für mich. Seine ganze Aufmerksamkeit ist auf die Landschaft um uns herum gerichtet.
«Wie wunderbar! Wie wunderbar!» Und zu diesen Ausrufen kommt das unvermeidliche: «Ach! Wenn das meine Mutter sehen könnte.»

Während der ersten Kilometer auf österreichischem Gebiet sprechen wir nichts. Ich bin stolz auf diese meine Heimat, die Rafael so begeistert.
Und zu denken, daß wir heute noch daheim sein werden! Bei uns daheim, mit meiner Familie. Ich bin sicher, daß Rafael von meiner Mutter bezaubert sein wird, auch von unserem Hund, diesem verwöhnten, intelligenten und faulen Kerl, den wir haben, mit seinen traurigen Augen und seinem ständigen Wunsch, gestreichelt zu werden.
Ich bin nicht so überzeugt, daß Rafael mein Vater gefallen wird, der Mensch, den ich am meisten in der Welt bewundere wegen seiner Intelligenz und seiner vielseitigen Begabungen. Mein Vater war Gott für mich, als ich klein war, und er hat

noch immer nicht vollkommen aufgehört, es zu sein. Ich bin besessen von meinem Vater. Fast ein freudianischer Komplex, nicht im typisch freudianischen Sinn, aber in anderer Hinsicht. Was wird nun geschehen, wenn ich die zwei Menschen zusammen sehe: meinen Vater, der alles für mich gewesen ist und nicht aufhört, es zu sein, und Rafael, der vor wenigen Monaten begonnen hat, den Platz meines Vaters einzunehmen. Was wird geschehen?
Ich denke an das alles, und ich weiß nicht, woran Rafael denkt. Und wir fahren schon in Salzburg ein... Ein Haufen Ampeln, die Straßenbahn, Autobusse, viele Leute auf der Straße, lauter Österreicher. Die Männer mit Hüten, die alten Frauen mit Kopftüchern, Burschen und Mädchen, alle in Winterkleidung, die ganz anders ist als die spanische.
Mir fällt etwas ein. «Rafael, wir werden ein Bier trinken und etwas essen in der berühmtesten Brauerei von Österreich, dem Müllnerbräu.»
Als ich sechzehn war, war ich dort, in Salzburg, mit meiner Klasse und dem Mathematikprofessor, und wir tranken Bier in dieser großen Brauerei. Ich erinnere mich nicht genau, wo sie ist, das heißt, ich habe keine Ahnung, wo sie sich befindet, aber wir werden fragen. Rafael bleibt stehen, ich drehe die Scheibe herunter und frage eine Frau, die anscheinend einkaufen geht und Salzburgerin sein muß. Ich spreche mit ihr im österreichischen Dialekt und freue mich, daß ich sie auch so reden höre. Sie sagt uns, daß wir geradeaus fahren müssen, bis zum Bahnhof. Ich danke ihr, und wir fahren weiter, aber wir finden keinen Bahnhof. Wir verfahren uns mehrere Male, fragen viele Leute, Alte, Burschen und Mädchen.
«Der Kerl dort muß es wissen», ruft Rafael aus, «der hat etwas von einem Säufer.»
Aber der Säufer weiß es auch nicht.
Wir fragen ein Mädchen, das auf den Autobus wartet, und während ich mit ihr spreche, macht Rafael seine Kommentare

mit lauter Stimme, aber auf spanisch natürlich, und das Mädchen merkt nichts.
«Wie hübsch ist dieses Mädchen, nein, wie hübsch!» Er ist begeistert vom Lächeln des Mädchens. «Die ist hübsch. Die ist wirklich hübsch! Schau, wie sie lächelt!»
Ich werde sehr nervös, weil ich einerseits mit dem Mädchen reden muß, andererseits machen mir die Bemerkungen von Rafael Spaß, und ich muß mich sehr zusammennehmen, damit ich nicht lache.
Dieses Mädchen war nicht nur hübsch, sondern auch intelligenter als die Leute, die wir vorher gefragt haben. Sie zeigt uns sehr gut den Weg, den wir fahren müssen. Die Runden, die wir machen müssen, um zu wissen, wie wir es finden.
Aber ich frage noch einmal, weil ich mich nicht gut erinnere, und der blonde Bursche, der uns Auskunft gibt, ist leider sehr häßlich. So kann Rafael mit Spanien angeben.
«Verdammt noch einmal! Was für ein häßlicher Bursche», sagt er, «schau mich an! Bin ich nicht hübsch und schön?» Er lacht: «Es wundert mich nicht, daß du dich in einen Spanier verlieben mußtest!»
Salzburg ist vielleicht eine der drei schönsten Städte der Welt, aber das System der Straßen und Gassen ist einfach fatal. Wir verfahren uns im schönsten Teil, und weil es meine Schuld war, streiten wir ein bißchen.
«Schau auf die schönen Häuser», sage ich. «Ja, wir haben uns verfahren, aber diese Gassen sind wunderbar.»
Rafael ist sehr verärgert. «Wie soll ich die Schönheit der Häuser jetzt anschauen, wenn wir uns verirrt haben und nicht wissen, wohin?»
Ich bin wirklich sehr dumm. Aber trotzdem finden wir zehn Minuten später das Müllnerbräu und parken das Auto auf einem großen Parkplatz, den dieses Haus hat, das aussieht wie eine Burg. Ein alter Mann sagt uns, daß wir hier das Auto gut stehenlassen können, aber das Müllnerbräu wird erst um drei Uhr aufmachen.

Es ist zwei Uhr, und wir möchten schnell essen, um so bald wie möglich nach Freistadt zu kommen. Was sollen wir tun?
Wir lassen das Auto geparkt und gehen zu einem Gasthaus, das sehr nah ist, wie uns der alte Mann gesagt hat. Es hat ein großes Vorhaus, alles typisch Salzburger Stil, und eine Unmenge von Spezial-Speisezimmern. Ein Speisezimmer für die Jagd, «Jagdzimmer», «Weinstube», in der man Wein trinkt, «Bierzimmer», in dem man Bier trinkt, und noch mehr. Wir betreten das Zimmer, das Rafael am besten gefällt, ein sehr großes Speisezimmer, warm, mit Möbeln und Wänden aus Holz.
Wir setzen uns an einen großen Tisch mit einem Fenster auf die Straße. Am Tisch gegenüber sitzt ein alter Mann mit Bart und Porzellanpfeife, ein typischer Österreicher aus den Alpen. Er liest eine Zeitung und hat nur ein sehr großes Bier vor sich stehen.
Die Kellnerin kommt, eine große und starke Frau mit schwarzer Schürze, Block und Bleistift in der Hand.
«Was für ein dickes Weib», sagt Rafael, während ich zwei Bier bestelle, Blutwurst für Rafael, falsches Rehfleisch mit Semmelknödel für mich, das ist Rindfleisch, zubereitet, als wäre es Wild, mit der Beilage, die man dazu will, und Brot.
Sie bringt uns das Bier sofort, aber das Essen dauert lang. Wir nützen die Zeit, um von unserer Ankunft in Freistadt zu träumen. Wieder wird mir bewußt, daß wir in wenigen Stunden erreicht haben werden, wovon wir drei Monate lang geträumt haben. Wir werden bei meiner Familie sein! Am Fenster liegt eine Zeitung. *Salzburger Nachrichten*. Nachrichten aus Salzburg. Ich bitte Rafael, daß er sie mir gibt, und fange an, sie durchzublättern. Die erste österreichische Zeitung seit drei Monaten! Ich genieße es, ein bißchen auf jeder Seite zu lesen, schau, was im Fernsehprogramm ist und im Radioprogramm, falls etwas steht über Leute, die ich von meiner Arbeit in Wien kenne. Aber ich finde nichts Besonderes, und das macht nichts, denn, was viel wichtiger ist, ich bin in Österreich mit Rafael, und bald ...
«Der Alte dort schaut dich an», sagt Rafael.

Da ich weiß, daß das ein Spaß ist, antworte ich auch im Spaß: Ich sage, er soll den Alten in Ruhe lassen, denn das ist ein sehr sympathischer Alter.
Die Kellnerin bringt uns das Essen, und da ich sehr verwirrt bin, spreche ich mit ihr spanisch, und zu Rafael sage ich etwas auf deutsch. Rafael lacht, die Kellnerin schaut mich dumm an, und ich schäme mich sehr. Ich bekomme mein Rindfleisch, das wie Wild zubereitet ist, aber Rafael stellt sie einen Teller mit dünnen Würsten hin und mit Erdäpfeln.
«Ich wollte doch Blutwurst!» sage ich, und die arme Frau ist verzweifelt. Ach, sie hat sich geirrt! Aber Rafael, ein Kavalier, sagt, daß diese Würste ihm auch schmecken müssen, und die Kellnerin beruhigt sich. Mein Fleisch ist nicht sehr gut, aber mir schmeckt die Soße zusammen mit dem Semmelknödel. Ich gebe Rafael ein bißchen, und ihm schmeckt es auch. Aber offensichtlich sind ihm die Würste lieber.
Es ist schon drei Uhr, und Rafael wird nervös, aber ich bestehe darauf, daß wir Kaffee trinken, und für mich bestelle ich eine «Malakofftorte», das beste und typischste aus Wien.
Ich denke an die «Schwarzwälder Kirschtorte» aus dem Restaurant von gestern und möchte Rafael nicht zwingen, etwas zu kosten. Aber jetzt nimmt er selbst ein Stück und gibt zu, daß diese schon gut ist. Wie froh ich bin! Rafael verachtet vielleicht Deutschland, aber ich habe den Eindruck, daß ihm Österreich gefällt. Eine Salzburgerin hat ihm gefallen, und jetzt die Malakofftorte. Wie gut!
Rafael hilft mir, die Torte aufzuessen, und sobald wir bezahlt haben, gehen wir.
Unser geliebtes Auto war brav, während der ganzen zweitausend Kilometer. Und jetzt füllen wir es zum letzten Mal mit Benzin. Wir zahlen mit Deutscher Mark, weil uns das österreichische Geld im Restaurant fast ausgegangen ist.

Wir fahren aus Salzburg hinaus, verfahren uns ein bißchen, aber diesmal nehmen wir es auf die lustige Weise, und bald

befinden wir uns in voller Fahrt auf der Autobahn Linz, der Autobahn nach Linz.
Ach, wie glücklich fühle ich mich! Es ist unglaublich! Rafael und ich in Richtung Linz, der Hauptstadt von Oberösterreich, die nur vierzig Kilometer von Freistadt entfernt ist.
Jetzt sind wir froh, froh, froh...
Ich denke an meine Mutter, die auf uns wartet, an meinen Vater, der sicher nicht zu Hause sein wird. Um sich interessant zu machen, wird er auf die Jagd gegangen sein oder etwas anderes außer Haus machen.
Wir sprechen über meine Familie, rauchen viele Zigaretten wegen der Nervosität, die in uns hochsteigt. Wir hören ein bißchen Radio, und so legen wir Kilometer um Kilometer zurück.
Plötzlich vermindert Rafael die Geschwindigkeit, und das Auto bleibt stehen.
«Was ist los?»
«Schau, dieses Dorf mit der Kirche!»
In einem Tal neben der Autobahn liegt ein typisch österreichisches Dorf mit einem Kirchturm, dessen Dach sehr zugespitzt ist am Ende, und rundherum sind Häuser und Gärten.
«Wie wunderschön!» ruft Rafael begeistert aus. «Ich werde aussteigen, um es besser zu sehen.»
«Warte», sage ich, «auf der Straße von Linz nach Freistadt werden wir viele Dörfer sehen, die noch viel schöner sind.»
«Mir gefällt dieses hier jetzt, und ich möchte es anschauen. Gib mir den Fotoapparat. Ich möchte ein Foto machen für meine Mutter.»
Ich bleibe im Auto, sehr froh, denn jetzt bin ich schon sicher, daß Österreich ihm sehr gefallen wird, viel besser als Deutschland.
Wir fahren weiter, und um fünf Uhr legen sich durchsichtige Nebelschleier über die Autobahn. Der Nachmittag ist schon sehr dunkel, und wir wissen nicht, ob Linz noch weit ist. Wir sehen nichts als das dunkle Grau des Nebels, das mit jeder Mi-

nute dichter wird, und wir müssen sehr langsam fahren, mit 40 Stundenkilometern.
«Ausfahrt Linz-Hörsching» zeigt ein Schild.
Wir sind schon da!
Das sind sehr aufregende Augenblicke für mich, weil Linz eine Stadt ist, die ich sehr gut kenne von den Einkäufen, die meine ganze Familie hier macht, und von meinen Ankünften aus Wien, als ich dort studierte und durch Linz fahren mußte beim Zurückfahren oder Wegfahren von Freistadt.
Trotzdem verirren wir uns, als wir auf die Straße einfahren, wegen der Unsichtbarkeit im Nebel und meiner großen Nervosität. Rafael ist ein bißchen verärgert, aber sobald wir unseren richtigen Weg gefunden haben, sind wir wieder gut gelaunt. Wir fahren an Ampeln vorbei und an der Straßenbahn, und noch eine kleine Verirrung durch meine Verwirrtheit, und zu guter Letzt kommen wir auf die Straße, die nach Freistadt führt.
«Hier ist ein Postamt, Rafael», schreie ich plötzlich, und wir bleiben stehen. Wir steigen aus dem Auto, schließen es ab und betreten die Post. Es ist ein kleines Amt und schön warm. Zwei Männer und eine dicke Frau mit einer dicken Tochter stehen drinnen. Als ich drankomme, bitte ich um ein Ferngespräch nach Freistadt. Freistadt 376...
Wir müssen einige Minuten warten, aber sie kommen uns wie Stunden vor. Wir reden und scherzen, und ich sehe, daß Rafael sehr nervös ist.
«Sei nicht nervös», sage ich lachend.
«Aber du bist doch nervös, nicht ich!» antwortet er und lacht auch.
Wir betrachten die Plakate an den Wänden, machen Bemerkungen über die Leute, die rund um uns sind, weil wir sicher sein können, daß sie uns nicht verstehen, und, schlecht wie wir sind, nutzen wir das aus.
«Freistadt, Zelle 2!» ruft das Postfräulein, und ich gehe in die Zelle und ziehe Rafael hinter mir her. Ich hebe den Hörer ab. Ich höre die Stimme meiner Mutter, die meinen Namen sagt.

«Seid ihr in Linz?»
«Ja!»
Wir sprechen noch mehr, dann meldet sich Rafael. «Mutti, soy Rafael!»
Rafael lacht, und ich höre auch das Lachen meiner Mutter. Sie sagt ihm etwas, und er versteht es nicht.
Rafael gibt mir den Hörer. «Sprich du», sagt er.
Ich fange wieder mit meiner Mutter zu sprechen an, sage ihr, daß sie uns ein Nachtmahl machen soll und daß wir in ungefähr zwei Stunden ankommen werden, weil viel Nebel ist.
Wir zahlen sieben Schilling und fünfzig Groschen und kehren zum Auto zurück.

«Hast du deiner Mutter gesagt, daß viel Nebel ist?»
«Ja, ich hab ihr gesagt, daß wir ungefähr um acht Uhr zu Hause sein werden.»
«Gut! Fahren wir?»
«Ja, schnell!!»
Rafael fährt mit dem Auto los, und mir entkommt ein tiefer Seufzer. Wie aufregend!
Seit wir Deutschland betreten haben, haben wir nichts anderes als Nervosität, Spannungen und Aufregungen! Und das Aufregendste erwartet uns immer noch! Der Nebel ist vollkommen dicht. Kaum sehen wir das Schild nach Freistadt. Aber wir verfahren uns nicht mehr, denn diesen Teil von Linz kenne ich besser als den vorigen, und bald befinden wir uns auf der richtigen Straße.
Aber dieser Nebel! Wir fahren mit 15 Stundenkilometern, und das einzige, was wir sehen, sind die Lichter des Autos vor uns.
Es scheint eine sehr lange Kolonne zu sein. Wenigstens sind wir nicht allein. Alle müssen ganz langsam fahren, und das ist ein Trost.
Es ist zehn Minuten nach sechs. Werden wir um acht zu Hause sein?

«Gib mir einen pitillo», sagt Rafael, und ich gebe ihm die Zigarette angezündet. Ich muß auch rauchen.
Allmählich beruhigen wir uns und hören Musik aus dem Radio, während wir den Lichtern des Autos vor uns folgen.
«Wir haben viele Autos hinter uns, Rafael!»
«Ja?»
«Aber das wird sich ändern, sobald wir bei der Kreuzung sind, weil nicht alle nach Freistadt fahren. Der Großteil wird in andere Dörfer fahren, die nicht an unserer Straße liegen.»
Und wirklich bleiben wir übrig mit nur einem Auto vor uns und einem hinter uns, nachdem wir über die Kreuzung gefahren sind. Wir fahren ganz langsam weiter, und plötzlich merken wir, daß das Auto, dessen Lichter uns leiten, fast von der Straße abkommt. Wir müssen sehr vorsichtig sein, weil wir uns nicht mehr auf den Fahrer vor uns verlassen können.
Aber der verläßt sich auch nicht auf sich. Sein Auto bleibt stehen. Der Fahrer steigt aus und kommt zu uns. Rafael dreht sein Fenster herunter.
«Ich kann nicht mehr», sagt der arme Mann. Er sagt, daß er schon nichts mehr sieht und nicht mehr vorwärts will.
Was sollen wir tun?
Während ich an das Fatale dieser Situation denke, startet Rafael und versucht, an dem Auto vorbeizufahren, das vor uns steht.
«Rafael, mach das nicht!»
Aber er lacht: «Es muß ein tapferer Spanier kommen, um den österreichischen Nebel zu bezwingen», sagt er, «jetzt werden diese Burschen kennenlernen, was ein Spanier ist! Vamonos, mi pequeño! Komm, mein Kleiner!»
Wir haben Glück. Wir kommen voran, ohne daß uns aus der Gegenrichtung ein Auto entgegengekommen ist. Die anderen Autos folgen uns, und Rafael ist sehr stolz. Er gibt wieder an mit der spanischen Tapferkeit.
Plötzlich überholt uns ein Auto mit sehr hellen Scheinwerfern, das schneller fährt als wir.

«Folg ihm», schreie ich aufgeregt, «verlier es nicht aus den Augen!»
Wir fahren ihm nach mit der Kolonne hinter uns. Jetzt können wir alle schneller fahren.
So fahren wir eine Zeitlang gut, aber in einer Kurve verlieren wir unseren Führer. Wir sind allein in der Dunkelheit des Nebels und fahren mit 15 Stundenkilometern, bis uns wieder ein Auto mit Nebellichtern überholt. Alles geht gut, bis wir es verlieren. So geht es weiter bis Freistadt. Aber wir kommen an, und ich bin glücklich.

Freistadt, 1. Jänner 1969
Es ist elf Uhr oder zwölf Uhr nachts. Ich ging in sein Zimmer, um Zigaretten zu holen. Ich erwartete, daß er mir etwas sagen würde. Vielleicht mich um etwas bitten. Und ich würde es ihm abschlagen. Obwohl ich es ihm gern gegeben hätte, wenn in mir nicht das wäre, was mich unglücklich macht. Ich wollte ihm weh tun, ihn dafür bestrafen, daß er in einer anderen Frau etwas bewundert, was ich nicht habe: die körperliche Schönheit, die engelhafte Unschuld, die Schwachheit, die nach Schutz sucht.
Er liebt mich, er liebt mich mehr als alles, was ihn umgibt, aber in einer anderen Frau hat er etwas gefunden, was er in mir nicht findet, und deshalb wollte ich ihm weh tun. Obwohl ich weiß, daß es nicht seine Schuld ist. Auch meine nicht. Meine nicht, seine nicht, auch ihre nicht, denn ich bin, wie ich bin, und sie ist, wie sie ist.
Sie ist eine Freundin von mir und hat auch keine Schuld. Aber meine Unvollkommenheit tut mir weh. Es macht mich traurig, daß ich nicht alles in mir vereint habe, was er liebt.
Ich könnte sie gern haben und lieben, ich weiß es nicht, sagte er mir. Und in einem gegebenen Augenblick, in dem ich nicht im Zimmer bin, bietet er ihr eine Zigarette an und steckt sie ihr in den Mund auf eine zärtliche Weise mit einem Lächeln. Gib mir auch eine, sage ich, auch so! Nachdem ich eingetreten bin, äußer-

lich fröhlich, nur äußerlich, weil ich weinen möchte. Und er gibt sie mir. Wie mag er sich gefühlt haben? Entdeckt? Ich liebe ihn, und er schlief, als ich in sein Zimmer ging, um die Zigaretten zu holen. Oder hörte er mich und tat nur so, als ob er schlafe?
Er hat mir weh getan, ohne es zu wollen. Denn was für eine Schuld hat er, wenn er an einer anderen Frau etwas kennenlernt, was er instinktiv lieben muß? Und was für eine Schuld habe ich, weil ich eifersüchtig bin, obwohl ich weiß, daß er mich liebt, und instinktiv den Wunsch habe, mich zu rächen? Ich möchte, daß er leidet, wie ich leide. Ich muß meine Koffer packen heute nacht. Morgen fahren wir nach Spanien zurück, in sein Land. Ich werde nicht hinübergehen, um ihm gute Nacht zu sagen, obwohl ich es wünsche. Denn ich möchte, daß er leidet.
Der Traum vom Einssein mit dem geliebten Menschen ist zu Ende. Ich kehre zurück zum Ich, das ich vorher war. Ein Ich angefüllt mit Liebe zu einem Mann, mit dem ich von vollkommener Übereinstimmung geträumt habe. Ich habe schon daran gedacht, mich von ihm zu trennen. Aber was wäre das? Das wäre nur der erste Schritt, dem andere Schritte zu neuen Abenteuern folgen würden, wieder Liebe zu finden. Wozu? Dieser Mann, den ich liebe, ist alles. Er ist das Größte an Gefühl, das ich je gehabt habe.
Eine falsche Liebe, die sich mit der Eifersucht vermehrt? Vielleicht ist es nicht Liebe, was ich für ihn fühle.
Ich bin eine Schauspielerin geworden, und was ich nicht weiß, ist, ob ich auch zu meinen eigenen Zuschauern gehöre. Ein Gefühlstheater, mein ganzes Leben.

Mein Vater sagt, daß es besser wäre, heute nicht abzureisen, weil es schon elf Uhr vormittag ist und Rafael gerade erst aufgestanden ist.
«Ihr kommt höchstens bis Salzburg», sagt er, «und ich glaube nicht, daß es einen Sinn hat, heute wegzufahren. Warum wartet ihr nicht bis morgen?»
Aber Rafael ist entschlossen, und um eins tragen wir die Koffer

in die Garage, meine Mäntel, die Taschen, die Säcke mit dem Essen, einige Bücher, die ich mir mitnehmen will, und noch viele andere Sachen.
Rafael und mein Vater überprüfen das Auto. Es muß Wasser in die Scheibenwaschanlage gefüllt werden. Mein Vater bringt eine Kanne voll mit Wasser.
«Es ist heißes Wasser», sagt Rafael, «sag deinem Vater, daß ich nicht weiß, ob wir es heiß einfüllen können.»
Ich sage es ihm, aber mein Vater lacht: «Immer im Winter muß man heißes Wasser nehmen», sagt er, «und im Sommer darf es auch nicht zu kalt sein.»
Ich übersetze es Rafael, und die beiden machen weiter mit dem Auto.
«Wir haben keine Decke», bemerke ich, «Papa, hast du eine alte Decke, die ich nehmen kann?»
Er gibt mir die Autodecke, und später, als ich mich erinnere, daß wir keine Getränke haben, bringt er uns zwei Flaschen gutes «Freistädter Bier» in einem Papiersack.
Währenddessen betrachtet uns der Hund mit unsagbarer Traurigkeit in den Augen. Sein dünner Körper zittert von der Kälte in der Garage, denn wir haben das Tor aufgeklappt, aber er will in diesen letzten Minuten bei uns sein. Er hält sich für eine zu wichtige Person des Hauses, und da meine Mutter nicht hier ist, sieht er sich verpflichtet, sie zu ersetzen.
Meine Mutter ist am Tag zuvor nach Graz gefahren zum Begräbnis ihrer Stiefmutter. Sie wird erst übermorgen zurückkommen, und von ihr haben wir uns schon verabschiedet.
Rafael sperrt das Auto ab und kommt, um den Hund zu streicheln.
«Du bist ein tapferer Hund», sagt er ihm mit leiser Stimme, und der hebt ein bißchen den Blick und die Ohren. Er drückt seinen Kopf ans Knie dieses Mannes, der auf eine sehr seltsame Weise zu ihm spricht. «Du siehst gut aus und bist tapfer», wiederholt Rafael, «und hoffentlich bringen sie dir bald eine schöne Hündin, denn da du für die Jagd nicht taugst und nicht

zum Spazierengehen, wenn es kalt ist, möchten wir wissen, ob du in dieser Hinsicht ein Mann bist!»

«Gehen wir jetzt hinauf, damit ihr euch von den Mädchen verabschiedet», sagt mein Vater.

Mein Vater gibt uns ein paar gewaltige Küsse und begleitet uns zur Garage. Da kommt die Großmutter, und Rafael küßt ihr die Hand. Sie ist sehr bewegt. Sie wird denken, daß dieser Bursche wirklich «molto simpático» ist.

Nie habe ich meinen Vater so bewegt und zärtlich gesehen wie in dem Augenblick, als Rafael das Auto startet und aus der Garage fährt. Er hört nicht auf, uns anzusehen und anzulächeln. Ich drehe das Fenster herunter, um ihm ein paar letzte Worte zu sagen.

Jetzt trägt uns jede Sekunde weiter weg von dem Ort, der uns Frieden gegeben hat, Wärme und Glück, und bringt uns den Schwierigkeiten näher, die wir in den kommenden Monaten haben werden. Wir wollen nicht nach Spanien fahren, nicht so bald. Aber wir tun es, weil wir nicht anders können.

Schon ist unser Traum vorbei, und es wartet eine schwere Zeit auf uns. Sechs Monate müssen wir wieder getrennt leben. Ich im Haus von Adolfo und Milagros, Rafael auf der Akademie. In Madrid, ja, aber wir werden nicht zusammen sein. Nur am Samstag nachmittag und am Sonntag.

Mittwochs darf Rafael am Nachmittag heraus, aber wir wissen es nicht sicher.

Wir kommen nach Linz, fahren über die Donau, über die Eisenbahnbrücke, die Brücke, über die die Züge von Freistadt nach Linz müssen.

«Mach ein Foto für meine Mutter, schnell!»

«Von was? Von dieser häßlichen Brücke?»

«Das macht nichts aus, ob sie häßlich ist! Schnell, mach ein Foto!»

Rafael erzählt mir von Marisa und von seinem Leben mit ihr. Ein Gespräch, bei dem wir ein bißchen die Traurigkeit dieses

Nachmittags vergessen. Wir fahren durch Linz, und jetzt schon Richtung Salzburg.
«Erinnerst du dich, wie wir gekommen sind?»
«Ja.»
«Glaubst du, daß wir bis München kommen?»
«Wenn nicht viel Schnee ist, schon.»
Um fünf fahren wir an Salzburg vorbei, bald sind wir an der Grenze.
Wir zeigen die Pässe, steigen aus, um Geld zu wechseln und die Versicherung zu zahlen, kaufen Milch und Brot in einem Restaurant, und in der Wechselstube kaufen wir verschiedene Päckchen mit Zigaretten.
Winston, HB, Milde Sorte, Austria C, Johnny. Und kleine Zündholzschachteln, auch «puritos», Zigarillos, wie wir sie in Österreich nennen. Die Zigaretten sind für Marina, die Zündhölzer für sie oder für Alberto, die «puritos» für Leute wie Eusebio und andere Freunde. Wir fahren weiter, lassen Österreich hinter uns. Jetzt sind wir schon in Deutschland, und der einzige Trost, der mir bleibt, ist, daß hier alle meine Sprache sprechen und daß ich mich bis Frankreich wie in der Heimat fühlen kann.
Wir trinken Milch, und während Rafael sich auf die Gefahren der gefrorenen und eingeschneiten Straße konzentriert, fange ich an, einige Brote zu machen. Wir sehen Autos, die von der Fahrbahn abgekommen sind, und wir müssen sehr vorsichtig sein.
Es ist halb neun, als wir in München ankommen, und wir beschließen, in einem Hotel an der Autobahn zu übernachten, im nächsten, das wir sehen.
«Hier ist ein Hotel», sage ich nach 20 oder 25 Minuten. Rafael fährt langsamer, und wir lesen auf einer Tafel: «Autobahnhotel Langwieder See».
Wir biegen rechts ab und fahren auf einem Weg, der zum Hotel führt. Es ist ein großes, elegantes Haus mit den Fenstern und der großen Tür hell in der Nacht. Wir lassen das Auto auf einer

Seite des Hauses, und beim Aussteigen empfängt uns ein sehr starker und kalter Wind. Wir bemühen uns, so schnell wie möglich zum Eingang zu kommen, und es ist geschlossen. Wir müssen einen anderen suchen, der auf einer anderen Seite des Hotels ist, und dort gehen wir hinein. Wir kommen durch einen großen Saal, einen beleuchteten Gang, noch einen Saal, offensichtlich der Speisesaal. Endlich kommen wir zu einer Rezeption. Nachdem wir uns nach dem Preis der Zimmer erkundigt haben, kehren wir zurück zum Auto und fahren es zur Garage, die uns gezeigt worden ist. Wir nehmen unsere Sachen und lassen das Auto offen, weil der Bursche, der uns die Garage gezeigt hat, das Tor absperrt. Das Hotel gefällt uns, aber wir sind ein bißchen niedergeschlagen und traurig. Wir gehen ins Bett, ohne Tee oder Bier zu trinken.

3. Jänner 1969
Um sieben Uhr wachen wir auf. Wir stehen auf und machen uns fertig, bringen unsere Sachen in Ordnung und entschließen uns, das Frühstück im selben Hotel einzunehmen. Wir lassen alles im Zimmer, sperren die Tür ab, nehmen den Schlüssel mit und gehen ins Speisezimmer. Wir finden einen Fenstertisch, von dem man in einen verschneiten Garten sieht.

Rafael gähnt. Ich bin auch müde und schlecht gelaunt, wie jeden Morgen, wenn ich mich schlecht hergerichtet fühle, wenig attraktiv und unbequem in meiner Reisekleidung. Der Kellner kommt. Es ist ein magerer Mann, mittelgroß und alt. Er gibt uns die Speisekarte und ist bereit, unsere Bestellung aufzuschreiben.

Was werden wir essen? Es ist sehr schwer, sich zu entscheiden bei der Menge der Speisen, die es gibt, und wegen der Menge der Mark, die sie kosten. Endlich bestellen wir zwei Gläser Orangensaft, Kaffee für Rafael, Tee für mich, Eier mit Schinken für Rafael, weiche Eier für mich. Und Brot natürlich, mit Butter.

In Wirklichkeit hätte ich lieber ein Glas kalte Milch gehabt

statt des Orangensafts, aber der Kellner hatte mir gesagt, daß die Milch noch nicht da sei. Es war früh, halb acht.
Wir frühstücken, und ich werde ein bißchen böse mit Rafael, weil er das Brot in den Kaffee tunkt.
«Bitte, Rafael, mach das nicht», sage ich, «das wird in Deutschland nicht gern gesehen!»
Rafael hört auf, aber er ärgert sich. Er ist ein Dickschädel.
Später, als ich die Speisekarte lese, die in vier Sprachen ist, deutsch, englisch, französisch und italienisch, wird Rafael noch böser. «Warum schreiben sie nicht auf spanisch statt auf italienisch?»
Es fällt mir schwer, ihn davon zu überzeugen, daß zumindest in Österreich mehr italienisch als spanisch gesprochen wird.
«Aber wir sind in Deutschland!» besteht Rafael.
«Gut. In Deutschland auch! Es ist wegen der geographischen Situation», sage ich.
Wir frühstücken zu Ende.
Nah unserem Tisch sitzt ein Ehepaar mittleren Alters, er groß und stark, sie zart und schlank, mit einem Tuch elegant um den Kopf. Dieses Ehepaar gefällt mir. Es kommt mir vor wie das typisch anständige, erzogene und reife deutsche oder österreichische Ehepaar. So möchte ich sein, wenn ich 45 oder 50 Jahre alt bin. Und so sollte mein Mann sein.
Ich bin in mich versunken, denke an dieses Ehepaar. Der Kellner kommt und schreibt uns die Rechnung.
«Achtzehn Mark fünfzig», sagt er.
Ich zahle und gebe ihm Trinkgeld, ohne an den Preis zu denken. Beim Hinausgehen fragt Rafael, wieviel das in Peseten ist. Ich sage es ihm.
«Dreihundert Peseten?» ruft er aus. «Unmöglich!»
Jetzt merke ich, wieviel das gekostet hat. Ich bin verwirrt. Was kann so teuer gewesen sein?
Während Rafael mit dem Rezeptionsfräulein spricht, französisch, kehre ich zurück an unseren Tisch im Speisesaal, ziehe die Karte heraus und studiere sie.

Das Frühstück ohne Säfte, denn die Säfte stehen nicht auf der Preisliste, hat acht Mark gekostet, und das stimmt. Aber die Säfte, jeder einzelne, haben fünf Mark gekostet.

Es war meine Schuld. Ich hätte wissen müssen, daß die Fruchtsäfte in Dosen sehr teuer sind in Österreich und noch teurer in Deutschland.

Ich finde Rafael an der Rezeption. Das Fräulein versteht nicht, was Rafael sagen will, und ich weiß nicht, was Rafael dort will.

«Sag ihr, daß sie mir die Autoschlüssel geben soll», sagt Rafael.

Ich sage es ihr, und sie gibt uns die Schlüssel. Ich frage sie, wo die Garage ist, denn weil in der Nacht alles dunkel war, erinnere ich mich nicht. Sie sagt es mir.

Wir gehen ins Zimmer und holen unsere Sachen. Wir lassen den Schlüssel an der Rezeption und verabschieden uns.

«Gute Fahrt!» wünscht uns das Fräulein.

«Was hat sie gesagt?» fragt Rafael.

«Gute Fahrt!»

Wir gehen durch den Ausgang. Draußen ist es sehr kalt, und alles ist mit Schnee bedeckt.

Mit 80 Stundenkilometern fahren wir auf der Autobahn, lassen hinter uns das Hotel Langwieder See mit seinen beunruhigenden Orangensäften.

Ich erinnere mich an die Reisen im Autobus, die ich dreimal auf dieser Autobahn gemacht habe. Das erste Mal beim Zurückfahren von Spanien, im September 1967. Ich war mit einer Gruppe junger Leute unterwegs. Ein Mädchen aus München, Übersetzerin deutsch-spanisch, die in einer pharmazeutischen Fabrik in Barcelona arbeitete, und ein Bursche aus Regensburg, Uli, Soldat und sehr intelligent. Das zweite Mal im Juli 1968 auf der Fahrt nach Spanien, am Beginn eines Sommers, in dem ich mich in Rafael verlieben würde, ohne es erwartet zu haben. Das dritte Mal, im September desselben Jahres, auf der Rückfahrt nach Spanien, nachdem ich wieder mit meinen El-

tern in Österreich gewesen war und ihnen gesagt hatte, daß ich mich verlobt hatte.
Und jetzt, ein kalter Jännertag, im Sportauto mit Rafael an meiner Seite, nach Spanien zurückfahrend, nachdem ich mit meiner Familie gewesen bin und eine glückliche Weihnacht verbracht habe und ohne Sorgen. Was für Wechsel bringt das Leben!
Die winterliche Landschaft läßt mich an Freistadt denken, das jetzt schön sein muß mit so viel Schnee, an meine Verwandten und meinen Vater, daß sie Ski fahren gehen, und an meine Mutter, die schon zurück sein wird von ihrer Reise nach Graz.
«Nimm die Karte heraus», sagt Rafael, «und schau, wo wir von der Autobahn herunter müssen.»
«Es ist noch ein weites Stück», sage ich, ziehe die Mappe aus dem Fach an der Autotür, in dem wir alles aufbewahren.
«Sei nicht schon wieder so schlampig», ruft Rafael, «du brauchst nur eine Karte, die von Deutschland! Laß die anderen drin!»
Ich studiere den Teil der Autobahn, der für uns wichtig ist.
«Um nach Mulhouse zu fahren, müssen wir in Müllheim von der Autobahn», sage ich, «und es bleiben über 200 Kilometer bis dorthin.»
«Sicher?»
«Sicher.»
«Möchtest du fahren?»
Wir wechseln die Plätze, und jetzt fahre ich. Wir sprechen über viele Dinge, ganz ruhig. Von meiner Möglichkeit, die Untermiete zu wechseln und im Haus des Vaters von Rafael zu leben. Ich möchte gerne dort wohnen, aus vielen Gründen, und ich sage sie Rafael. «Dort könnte ich mich jeden Tag ins Arbeitszimmer setzen und lernen. Ich würde nicht frieren, und es würde mich niemand stören.»
Rafael ist damit einverstanden. Das einzige, was ihm nicht gefällt, ist, daß seine Mutter sehr enttäuscht sein würde. Später

sprechen wir von unserer Heirat und von meiner Freiheit, die ich zu verlieren fürchte. Ich möchte gerne leben und mehr vom Leben kennenlernen und mehr Länder der Welt. Rafael ist überhaupt nicht meiner Ansicht. Wir streiten fast. Aber es vergeht mehr Zeit, und wir sprechen über Fremdsprachen.

«Ich möchte, daß du mir beibringst, perfekt deutsch zu sprechen. Du kannst mir viel helfen», sagt Rafael. Und um zu üben, fangen wir an, die Schilder zu lesen, die auf deutsch geschrieben sind.

«Karlsruhe» «Ausfahrt» «Glatteisgefahr» «Heilbronn»... «Müllheim».

Wir sind so auf die Aussprache jedes einzelnen Wortes konzentriert, daß wir nicht merken, daß wir in Müllheim von der Autobahn abfahren mußten. Wir befinden uns fünf Kilometer vor der Grenze zur Schweiz.

Hierher wollten wir nicht kommen!

Wieder böse. Jeder gibt dem anderen die Schuld, und noch einmal böse, weil ich schlecht mit dem Auto fahre.

«Siehst du nicht, daß du vor dir einen Lastwagen hast?» schreit Rafael.

«Ja, ich sehe es! Aber wenn du mich Blödheiten fragst, kann ich mich nicht auf alles konzentrieren!»

«Was für Blödheiten hab ich dich gefragt?»

«Du hast mich gefragt, ob ich sicher bin, daß hier auch eine Grenze zu Frankreich ist.»

«Und warum war das eine Blödheit?»

«Weil ich ein Schild gesehen habe, auf dem ‹Frankreich› steht, und das heißt Francia. Und wenn ich es sehe, wo ich doch deutsch spreche und es verstehe, mußt du mich nicht fragen, ob ich sicher bin oder nicht!»

Rafael ist nicht einverstanden. Er sagt, daß ich ein unordentliches und verwirrtes Mädchen bin und daß man sich auf mich nicht verlassen kann. Daß man mir nicht trauen kann.

«Was machst du?» schreit er wild.

«Ich bleibe stehen», sage ich ruhig.

«Kannst du nicht woanders stehenbleiben?» schreit er. «Siehst du nicht, daß man hier nicht stehenbleiben kann?»

Ich bin böse, nicht wegen Rafael, sondern meinetwegen. Er hat recht. Ich kann nicht Auto fahren. Aber ich möchte es nicht zugeben.

Wir wechseln die Plätze und sprechen nicht. Einige Meter danach hört die Straße auf, und wir stehen vor einem Fluß. Der Rhein.

Natürlich, *ich* muß aus dem Auto steigen und fragen. Im Büro des kleinen Holzhauses sagt mir ein alter Mann, daß das Schiff, das zwei Autos über den Fluß bringt, um zwei Uhr fährt. Da es fünf nach zwei ist und es noch nicht abgefahren ist, muß es in jedem Moment geschehen. Ich gehe zum Auto zurück, steige ein und erkläre es Rafael. Bald können wir auf das Schiff fahren.

Rafael steigt aus, um den Fluß zu fotografieren.

«Es ist ein schlechter Tag», sage ich, «sie werden nicht gut werden.»

«Sie sind für meine Mutter. Ich möchte, daß sie alles erleben kann mit den Fotos, die wir ihr bringen. Es ist ihre einzige Möglichkeit, ein bißchen von unserer Reise zu genießen!»

Wieder hat er recht. Ich bin furchtbar.

Sobald Rafael die Fotos gemacht hat, fährt das Schiff los, und sehr langsam überqueren wir den Rhein. Wir verlassen Deutschland, und auf der anderen Seite hören wir schon französische Worte. Wir kommen zum französischen Ufer, starten das Auto und fahren hinaus auf die Straße.

Hier müssen wir unsere Pässe herzeigen. Rafael geht in das kleine Zollamt, um Geld zu wechseln und – wieder – eine Autoversicherung zu zahlen. Währenddessen fange ich an, kleine Stücke von der österreichischen Wurst zu essen, die wir noch haben, weil sie so groß ist, daß es fast unmöglich scheint, sie aufzuessen. Der Nachmittag ist trüb, so als könnte es jeden Augenblick regnen. Grau ist der Himmel, und so sehe ich ihn, ohne ihn anschauen zu müssen. Grau ist alles, das Wasser des Flusses, die Straße, die Häuser und die Felder, durch die wir

jetzt fahren im Schweigen, nachdem wir aus der kleinen französischen Stadt herausgekommen sind, an deren Namen ich mich nicht einmal erinnere.
Ich fange an, für Rafael ein Brot zu richten, und als ich das Brot herausziehe, kollern mir alle Orangen, die in der Tasche waren, auf den Boden. Und ich bin verzweifelt.
Ich habe es satt, so tolpatschig zu sein, daß ich die Dinge nicht mit Ruhe und mit Intelligenz bewältigen kann. Rafael ist auch meiner schon überdrüssig, und obwohl er recht hat, indem er mir sagt, daß ich mich ändern muß, einige meiner Fehler zu verbessern habe, werde ich noch böser, und wir fangen zu streiten an. Wieder aus meiner Schuld, weil ich meine Fehler nicht zugeben will. Ich sage ihm, daß ich nur bis März in Spanien bleiben und dann nach Österreich zurückkehren und bei einer Zeitung arbeiten werde. Ich sage ihm, daß ich genug davon habe, für nichts im Leben zu taugen.
Den Rest des Nachmittags verbringen wir im Schweigen. Man hört nur die Geräusche des Autos, und ein deutscher Sender im Radio, ein Theaterstück über eine Frau, die sechzig Jahre alt ist und die Ankunft der großen Liebe ihres Lebens erwartet, ein Mann, mit dem sie lebte, als sie jung war, und den sie verlor in einem Menschengewühl. Eine Frau, träumerisch und verrückt wie ich. Ich hätte gern das Ende dieser Geschichte gehört, aber weil wir zu weit von der Grenze entfernt sind, ist der Empfang gestört, und ich muß das Radio ausschalten.
In einem Dorf muß Rafael zu einer Tankstelle, damit sie den Motor anschauen, denn man hört ein seltsames Geräusch. Dort tanken wir und fragen nach einem Lebensmittelgeschäft. Sie sagen uns, daß wir Richtung Dorfzentrum fahren müssen, aber wir finden das Geschäft nicht. Wir kehren um, fahren wieder an der Tankstelle vorbei, und bald sehe ich zwei Geschäfte, die so aussehen, als verkauften sie Milch und Brot. Rafael bleibt auf einem Weg stehen, der auf einen Hügel führt. Dort bleibe ich und warte, während er aussteigt und weggeht, um die Sachen zu kaufen, die wir brauchen.

Jetzt ist alles vollkommen dunkel, und es muß sehr kalt sein, denn zwei junge Frauen, die vom Hügel herunterkommen und am Auto vorbeigehen, sind sehr warm angezogen.
Rafael braucht ziemlich lange, und als er zurückkommt, bringt er nichts. Es gab weder Brot noch Milch. Wir müssen zurückfahren.
Wir sprechen wenig. Wir wissen nicht, wie viele Kilometer es noch bis Lyon sind. Wir wissen nicht, wo wir uns befinden. Richtung Lyon, ja. Aber sonst nichts.
Es ist etwas nach sieben Uhr abends, als wir durch einen Ort kommen und ein Hotel mit roten Lichtern sehen. Es sieht gut aus, und obwohl es mir teuer vorkommt, bleiben wir stehen, drehen um und fahren zurück und fragen, ob sie Zimmer haben. Sie haben welche, und es ist auch nicht teuer.
Rafael wird von einem jungen Burschen mit Brille begleitet, als er zum Auto zurückkommt. Er sagt mir, daß wir hier bleiben werden. Der Bursche führt uns zur Garage.
Rafael mit der Aktentasche, ich mit meinem Cape über den Schultern, so gehen wir über die Straße und ins Hotel.
Es ist eine Art Cafeteria, mit einer Bar, auf der viele Getränke in malerischen Flaschen stehen.
An einem der Tische sitzen zwei Männer und eine Frau von undefinierbarem Alter. Sie erregt meine Aufmerksamkeit. Sie trägt ihr blondes Haar in Locken, und ihr Gesicht ist fein, mit großen, traurigen Augen, von einem Blau, wie es die Maler benutzen, um den Augen eines Porträts Farbe zu geben. Das Gesicht dieser Frau drückt gleichzeitig Hoffnung und Enttäuschung aus, eine leichte Traurigkeit mit einer Art Freude. Sie selbst ist wie ein Bild von einer Frau aus dem vergangenen Jahrhundert, und ihr Kleid scheint auch in jene Zeit zu gehören. Es ist, als ob man sie an den Tisch gesetzt hätte, damit sie die melancholische Stimmung dieses Orts schmückt. Und gleichzeitig ist es nicht nur Melancholie, was von der Cafeteria des Hotels ausgeht. Es ist eine bürgerliche Harmonie, eine heimelige Wärme.

Während ich den Tee mit Zitrone trinke, den Rafael für mich bestellt hat, fühle ich mich auf seltsame Weise glücklich, und alle Menschen, die um uns sind, jene Frau am Tisch mit den beiden Männern, der Bursche mit der Brille, der junge Mann mit den Augengläsern, der an der Bar mit einem Mann redet, der auch jung ist und dunkelhaarig – sie kommen mir vor wie Schauspieler aus einem Theaterstück, das sich hier für uns entwickelt, oder wie Figuren auf einem Gemälde, die Leben bekommen haben in dem Augenblick, in dem Rafael und ich diesen Ort betreten haben.

10. Jänner 1969
Gestern früh bist du in die Akademie eingetreten. Du riefst mich am Nachmittag an, nach dem Mittagessen. Du gabst mir deine Telefonnummer: 2289606. Und sagtest mir, daß du mich wieder anrufen würdest, aber ich habe vergebens gewartet. Heute wieder. Du riefst nicht an. Ich machte mir schon Sorgen, und ich nahm das Telefon, um mit dir sprechen zu können. Ich hörte deine Stimme… Du sagtest mir, daß du mich nicht hättest anrufen können. Das scheint mir unwahrscheinlich, das kann ich kaum glauben, daß du nicht konntest. Wolltest du mich nicht anrufen wegen des Ärgers, den wir hatten, am Mittwoch nachmittag in der Wohnung deines Vaters? Ich weiß, daß ich einen Teil der Schuld hatte, und ich bereute es und bat dich, mir zu verzeihen. Aber du wolltest weiter nicht mit mir sprechen und mich nicht berühren. Als wir ins Auto stiegen, machtest du mir nicht die Tür auf, hast mich warten lassen, bis du dich gesetzt hattest. Du tatest es und wußtest, daß dieser Mangel an Höflichkeit mich stört Du bist höflich mit allen Frauen außer mit mir. Warum?
Morgen wird hier ein Mädchen einziehen. Ich muß mit ihr das Zimmer teilen. Ich weiß nicht, wie sich das auf meine Niedergeschlagenheit auswirken wird.

Stilleben

Entschuldige, aber dieser Husten, sagt die alte Spanierin von nebenan, die die einzige Person im Haus ist, die mir Modell sitzt. Ich will das Porträt lernen, weil ich ja davon ausgegangen bin, in meinem bisherigen Leben, daß mich Menschen mehr interessieren als geistige Wissenschaften. Rafa wirft mir vor, daß ich für alles zu faul war und daß ich es nie zu etwas bringen konnte, weil mir das Durchhaltevermögen und die Disziplin fehlten, und insgesamt schätzt er Frauen ohnehin so ein, daß sie daheim ihren Mann stehen müssen. Entschuldige, aber dieser Husten, sagt die alte Dame, es kratzt mich im Hals, ich möchte es unterdrücken, und ich weiß nicht, kommt es von der Hitze oder sind es die Jahre? Ich bin ja schon zweiundsiebzig, vor kurzem habe ich es vollendet, und glaub nicht – dann macht sie eine Pause und schaut vor sich hin, läßt den Kopf sinken, ja, ich habe mit vierundzwanzig geheiratet. Ausgebildet bin ich im Klavier. Pianistin, weißt du? Ich habe den ersten Preis gemacht auf dem Konservatorium. Einstimmig hat man mir ihn verliehen. Ich besitze ihn heute noch, eingerahmt, in meiner Madrider Wohnung. Aber dann habe ich geheiratet, und mein Mann hat Musik nicht geliebt. Außerdem war er Witwer und hatte zwei Kinder. Eine war drei, die andere vier, und ein Jahr darauf war ich Mutter von drei Kindern. Ich bin nämlich sofort schwanger geworden. Mein Mann war sehr anständig und sehr schön. Er war groß und schlank. Naja, nicht sehr groß, aber ungefähr so wie ich, und ich bin ziemlich groß gewesen. Auch schmal. Mein Mann hat sich in meine Figur verliebt, stell dir vor. Und schau mich heute an. Dann bin ich dicker geworden, als ich meinen Sohn verloren habe. Er ist bei einem Unfall ums Leben gekommen. Schädelbruch. Mit dem Fahrrad ist er ge-

fahren, das hat nicht einmal ihm gehört, sondern einem Freund. Er hat sehr viele Freunde gehabt, weil er sehr sympathisch war. Bei den Jesuiten ist er in die Schule gegangen. Sie haben ihn dort sehr gern gehabt. Neunzehn war er. Ein halbes Jahr nach seinem Tod ist mein Mann gestorben. Hohen Blutdruck hat er gehabt. Es ist sehr schnell gegangen, er hat gar nichts gemerkt. Gestorben ist er, nachdem er mit Übelkeit aufgestanden ist. Er hat sich beklagt, daß ihm nicht gut ist, und wir haben den Arzt gerufen, aber da war es schon vorbei...
Entschuldige, aber dieser Husten. Das Kratzen im Hals reizt mich derart. Es muß das Klima hier sein, hier ist es ja sehr feucht. Immer wird das Klima von Mallorca gelobt, aber wenn du in Madrid bist, hast du eine trockenere Hitze. Da weiß man nicht, wohin man sich stellen soll, damit einem ein bißchen kühl wird. Und dann verkühlt man sich.
Sie redet und redet, während ich sie male. Hin und wieder setzt sie sich auf.
Ich bin nicht krank, weißt du? Ich war nie im Bett. Das einzige, was ich habe, ist der Blutdruck. Aber sonst fehlt mir nichts. Auf einem Auge habe ich Star, und auf dem linken bin ich kurzsichtig.
Wie ich dich sehe, möchtest du wissen? Naja, nebelig. Ich bin doch schon über siebzig. Und ich werde nicht klagen, denn das bißchen, was ich noch lebe, brauche ich nicht mehr viel zu schauen. Sie reden mir zu, ich soll mich operieren lassen, und sie machen sich Sorgen um mich, sie sagen, ich soll auf der Insel bleiben, damit ich in Madrid nicht allein bin. Ich soll die Wohnung aufgeben, aber dort habe ich alle Jahre seit der Heirat verbracht. Ich werde sie doch nicht eintauschen für ein kleines Zimmer, wo ich nur eine Lade habe, in die ich meine Sachen lege. In meinem Alter ist so etwas nicht angenehm. Meine Wohnung ist sehr groß, ich weiß nicht, kennst du Madrid?
Ein wenig.
In Alcalae, bei der Station Goya, sechs Balkone, so breit – sie zeigt es.

Ja, dort haben wir gelebt, mein Mann und ich. Fünf Kinder habe ich geboren, und den Krieg haben wir dort verbracht. Ich gehe von dort nicht fort. Ich bin jetzt auf Urlaub hier, aber wenn sie mich nicht mehr brauchen, fahre ich nach Hause. Sie sagen, ich soll in meinem Alter nicht ohne Hilfe sein, aber ich bin gern unabhängig, und Mallorca ist nicht Spanien, mir gefällt es hier nicht.

Ich habe doch mein ganzes Leben in Madrid verbracht und Klavier studiert. Weißt du, acht Stunden täglich habe ich geübt. Vier am Vormittag und vier am Nachmittag. Meine Freundinnen sind gekommen, um mich abzuholen. Sie haben mich vom Studium oft abgehalten. Wenn du Klavier spielst, kannst du nicht so tun, als ob du nicht daheim wärst. Jeden Sonntag war musikalischer Nachmittag bei meinen Eltern. Meine Mutter und ich haben vierhändig gespielt. Beethoven zum Beispiel. Meine Mutter war auch ausgebildet. Mein Vater hat gegeigt. Damals war vieles anders. Kavaliere haben uns besucht, sehr hochanständige junge Männer, nicht so, wie die jungen heute sind. Wir haben Musik gemacht. Dann habe ich geheiratet, naja, wie ich dir sage, das Klavier war mein ein und alles, und nach der Geburt meines ersten Sohnes habe ich nicht mehr so gelenkige Finger gehabt. Mein Mann war nicht musikalisch. Wenn ich geübt habe, hat er sich beschwert. Spiel nicht Schubert, spiel nicht Beethoven, spiel etwas Lustiges! Naja, er hat gern gelacht. Ein Dienstmädchen hätten wir ja gehabt, aber mein Mann war sehr pedantisch. Er wollte alles nur von mir gemacht haben, und die Kinder haben geweint, und, gutes Mädchen, wenn du heiratest, hast du viele Aufgaben! Du bist jung, Kind. Male! Das Klavier ist etwas sehr Undankbares. Wenn du nicht dauernd spielst, dranbleibst. Üben, üben. Sonst wird die Hand ungeschickt. Am liebsten habe ich Chopin gespielt. Jetzt setze ich mich manchmal hin und kann nichts mehr. Einen Tanz, ja, und ein Liedchen für die Kinder. Aber mein Mann war sehr schön, weißt du, und ich auch. Er ist mir auf der Straße gefolgt, ich habe es nicht bemerkt. Mit meiner

Mutter und mit meiner Schwester bin ich gern spaziert. Ich habe ja einige Verehrer gehabt. Einer war der Sohn eines Ministers, es würde dir nichts sagen, wenn ich dir den Namen verrate, du bist ja nicht in der Zeit geboren. Aber ein nobler Mensch. Er hat hofiert, und man hat mir geraten, ich soll ihn nehmen. Er war Akademiker und ein Musikfanatiker. Er hat mir oft, wenn die Mutter und die Schwester ihn empfangen haben, stundenlang zugehört. Aber mein Mann war temperamentvoll. Auf der Straße ist er uns gefolgt, und meine Schwester hat mich darauf aufmerksam gemacht. Ich habe mich umgedreht, und er ist gestanden, hat sich eine Zigarette angezündet, und am nächsten Tag, er hat sehr viel geraucht, mein Mann, schaue ich aus dem Fenster, da springt er aus der Tramway, zündet sich eine Zigarette an, betritt unser Haus und verläßt es wieder.
Er hat der Concierge ein Kärtchen übergeben, auf dem er mich und meine Schwester gebeten hat, mit ihm eine Kinovorstellung zu besuchen. Er hat, weil er sehr großzügig war, gleich die Karten für uns gekauft, und er war überhaupt sehr hilfsbereit. Wenn ein Freund von ihm etwas gebraucht hat oder ein Verwandter nicht gewußt hat, wo er übernachten soll, hat er bei uns geschlafen, und als sein Neffe in Madrid studieren mußte und kein Logis hatte, hat er bei uns ein Zimmer bekommen. Sehr viele Mittagessen und Abendessen haben wir für Freunde und Verwandte gegeben, und mein Mann war eifersüchtig. Einmal bin ich allein in ein Geschäft gelaufen, um Nähseide zu holen. Er war nicht daheim, und als ich zurückgekommen bin, war er schon zu Hause und sehr nervös. Warum ich allein auf die Straße gehe, hat er gefragt, warum ich nicht das Dienstmädchen schicke. Ich habe ihm die Nähseide gezeigt und ihm erklärt, daß ein Dienstmädchen nicht immer genau weiß, was man braucht.
Ich will nicht, daß du allein aus dem Haus gehst, hat er gesagt, und wenn ich auf Sommerfrische fahren mußte, mit Kindern und Dienstmädchen, weil es in Madrid ja viel zu heiß ist im Juli

und August, hat er mich bei der Rückkehr gefragt, mit wem ich gesprochen habe und wer sich an unseren Tisch gesetzt hat in der Pension, und so war er eben.
Meine Freundinnen haben mich gewarnt. Wie kannst du einen Witwer mit zwei Kindern heiraten, du verdirbst dir das Leben. Bedenke doch, Elivirita, haben sie mir gesagt, einer deiner Verehrer hat sich einmal deinetwegen aus dem Fenster gestürzt, und nur, weil du ihn nicht gewollt hast.
Es hat immer geheißen, weil ich Klavier spiele, daß mein Herz aus Stein ist. Denn mich haben eigentlich Männer nicht unbedingt interessiert. Nur der Sohn vom Minister, der war mir sehr willkommen. Aber dann hat mich mein Mann gesehen, und er war charmant.
Du kennst ja meine Tochter, sagt sie, und ich nicke, ja, meine Nachbarin, die hat auch viele Kinder.
Hast du sie singen gehört? Sie hat eine gute Stimme. Sie war schon Solistin bei Konzerten, und dann hat ihr Verlobter gesagt, er kann nicht eine Frau haben, die heute da und morgen dort auftritt, und jetzt, mit fünf Kindern, was soll sie tun? Wir haben so viel Freude mit ihr gehabt, und sie hat viel von meinem Mann geerbt an Liebreiz und Sympathie. Sie hat das Publikum sofort erobert, denn ihre Stimme ist auch ganz besonders schön. Antonio in der ersten Reihe ist immer nervös geworden. Er hat es nicht gern gehabt, und dann haben sie geheiratet, Gloria war sehr verliebt, und wir Frauen, wir sind eben so, was wollen wir machen. Aber wenn man zweiundsiebzig ist, dann denkt man, ist es denn möglich?

Sie stand vor der Staffelei, und vor sich hatte sie die Leinwand, auf die sie das Glas, den Tonkrug und den roten Stoff zwingen mußte. Im Malsaal war es still. Auch die anderen arbeiteten. Sie hielt den Pinsel wie ein Instrument, mit dem es ihr gelingen oder nicht gelingen konnte, sich zu behaupten. Es war Pflicht für sie, jetzt malen zu lernen. Sie hätte für sich keine Rechtfertigung gehabt, keine Erklärung mehr und keine Berechtigung zu leben, wenn es ihr nicht vollkommen ernst wäre mit der Kunst. Ihr zukünftiges Leben hing davon ab, ob sie es lernte, mit den Ölfarben umzugehen, die Schatten auf dem Krug zu sehen, die Lichter, die Farben. Sie war nur noch Auge und Pinsel, und sie hatte doch etwas ganz anderes gewollt, sich nie für Malerei interessiert. Daß sie jetzt hier stand, in einem spanischen Malsaal, in einer düsteren Schule, deren Gänge etwas von einem Kloster hatten, bedrückend waren und verstaubt, kalt und unfreundlich, fremd, wie das alles für sie war, fühlte sie sich an einen Ort versetzt, an dem sie nicht sein wollte, der nicht ihr Ziel gewesen war. Eine unglückselige Landung. Eine Gegend, die sie durchqueren mußte.

Sie liebte die Kunst nicht. Sie war begabt, etwas nachzuzeichnen, sie konnte Gesichter erkennen und wiedergeben, aber sie fühlte keine Freude. Hin und wieder ein kleines Aufleuchten, wenn sie einen Fortschritt bemerkte, wenn ihr etwas gelang, wovon sie nicht geglaubt hatte, daß sie es zustande bringen würde, daß es als Fähigkeit in ihr steckte. Aber sie stand dann dem, was auf der Leinwand war, so fremd gegenüber, wie ihr die eigene Hand fremd war, die den Pinsel hielt.

Wenn sie malte, mußte sie gut werden. Wenn sie etwas machte, mußte es gut sein. Verbissen kämpfte sie weiter, wenn die anderen Schüler schon aufgegeben hatten. Sie hielt durch. Denn man hatte ihr vorgeworfen, daß sie launisch sei und keine Geduld habe. Sie hörte das immer wieder, was man ihr oft gesagt hatte: Du hast ja viel zuwenig Geduld.

Jetzt mußte sie beweisen, daß sie geduldig war, ausdauernd und ernst. Der Ernst des Lebens. Sie meinte, jetzt zu wissen, wovon die Rede gewesen war, wenn sie das gehört hatte. Ihr werdet euch noch wundern! Diese Lehrerworte hörte sie jetzt auch, und sie war verwundert. Sie hätte nie gedacht, daß der Ernst des Lebens etwas so Bitteres sein würde. Und daß sie das, was man Pflicht nannte, eines Tages als etwas so Belastendes erleben würde.

Malerin.

Sie sah sich vor der Staffelei stehen und war beeindruckt von dem Bild, das sie nun von sich selbst hatte. Ich, dachte sie, ich, die das nie gewollt hat, nie von so etwas geträumt hat, stehe jetzt hier und sehe aus wie eine Malerin.

Es gelang ihr nicht mehr, zu verstehen, was in den letzten Monaten geschehen war. Um so mehr mußte sie sich bemühen, die Farben, Lichter und Schatten zu erkennen. Um so ernster mußte es ihr sein mit dem Werkzeug, das sie nun hatte, und den Möglichkeiten, die sie erwarteten. Wenn sie gut war, würde sie mit Künstlern sprechen dürfen. Sie sehnte sich nach Gesprächen, die ihr helfen würden, das, was sie nicht begreifen konnte, zu begreifen. Sie wollte mehr wissen und besser nachdenken lernen. Sie konnte es nicht glauben, daß Rafael recht haben sollte. Er warf ihr vor, daß sie in Träumen lebte, daß sie verrückt war, nichts verstand und unfähig war, den Sinn des Lebens zu erkennen.

Aber es gab niemand, mit dem sie hätte sprechen können. Sie war eine Gefangene, und die Macht, die Rafael über sie hatte, war so groß, daß sie nicht entkommen konnte. Sie stellte sich vor, wie es wäre, einfach wegzugehen. Aber dann stellte sie sich auch vor, wie sie in Österreich ankommen würde, die Vorwürfe der Eltern hören, das Studium, das sie aufgreifen müßte, irgendein Studium, und es gab jetzt nichts, wofür sie sich noch interessierte. Sie hatte nicht den Mut gehabt, ihren Traum vom Theater zu verwirklichen. Jetzt wieder nach Wien zurückgehen, ins kleine Zimmer in der Albertgasse, und alles, was sie hier erlebt hatte, zurücklassen. Gab es etwas, was man zurücklassen konnte? Rafael liebte sie, und es gab in Österreich niemanden, der sie so sehr liebte, der sich so mit ihr beschäftigt hätte. Und sie brauchte das, daß sich jemand mit ihr beschäftigte. Sie fühlte, daß sie das Leben nicht verstand, daß sie nicht erwachsen war, unfähig, sich zu bewegen. Rafael hatte es ihr oft genug gesagt: Du bist unfähig und weißt nichts. Du handelst dumm!

Also war es gut, daß es ihn gab.

Und mit einem Bild, das ihr gelang, würde sie die Verbindung zwischen sich und den Menschen wieder herstellen. Sie mußte ein gutes Bild malen, Menschen müßten es ernst nehmen, schön finden, und dann würde man sie wieder wahrnehmen als jemanden, der ernst zu nehmen war, eben weil sie das Bild gemalt hatte. Sie würde ihren Weg zu den Menschen finden über das, was sie mit dem Pinsel vollbrachte. Und sie wollte die Menschen erfreuen mit Bildern, um zu fühlen, daß ihre Existenz keine sinnlose war. Sie würde nicht mehr störend auffallen, wenn sie Bilder machte.

Sie hielt den Pinsel wie eine Waffe, von der es abhing, wie sie sich zur Wehr setzen und verteidigen würde. Wenn sie jetzt bewies, daß sie ernsthaft etwas wollte, dann würde es ihr gelingen, sich eines Tages auch gegen Rafael zu behaupten.

Sie war doch jung. Fünfundzwanzig Jahre alt. Aber sie fühlte sich nicht mehr jung. Etwas war abgerissen in ihr. Sie konnte es nicht mehr begreifen, daß sie einmal fröhlich gewesen war. Etwas in ihr lebte nicht mehr. Sie erinnerte sich an sich selbst, wie sie gewesen war vor einigen Jahren. Aber vielleicht war das alles falsch gewesen. Vielleicht hatte sie damals schon in einem fürchterlichen Irrtum gelebt, in einem Traum, der nie Wirklichkeit gewesen war. Vielleicht hatte Rafael recht, wenn er ihr sagte, daß sie ihn brauchte, eben weil sie verrückt war.

Sie kannte sich nicht mehr aus. Gern wäre sie davongelaufen, aber sie hätte nicht gewußt, wohin sie wollte. Also vertiefte sie sich in die genaue Betrachtung des Tonkrugs, der gläsernen Flasche und des roten Stoffes, erspähte die Schatten, die von den Falten geworfen wurden, und entdeckte plötzlich sich selbst auf der gläsernen Flasche, ein kleiner Schattenkopf in der Spiegelung des Fensters, neben dem sie stand, ein Fenster, das sich spiegelte auf dem Bauch der Flasche, und dazu ihr eigener kleiner Schatten. Es gelang ihr, dieses Bild von sich selbst aufs Glas zu tupfen, und nach einigen Tagen sagte der Lehrer: Está bien, puede empezar otro.

Es ist gut. Sie können etwas Neues anfangen.

Liebe – fragmentarisch

1

Ich meine, das ist ja schon schlecht, zu denken: ich meine. Das denke ich ja nicht, und als Redewendung ist «Ich meine» auch schon schlecht. Ich denke nicht, ich fühle, und ich fühle die Enttäuschung, das ist es. Enttäuscht bin ich, wegen der Silberlöffel, und er ist nicht da! Echt Silber. Stecken Sie sie in die Tasche, sagte die Frau, wo Sie die Tasche doch zumachen können, nicht in den Korb, sagte sie, nicht offen tragen so etwas Wertvolles! Überlegen Sie es sich, sagte sie, bevor ich mich entschied, weil ich verlangt hatte: echt Silber, ja, natürlich. Was denn. Den Tee darf man nur mit echtem Silber umrühren, und wir trinken guten Tee, teuren Tee vom Schönbichler in der Wollzeile, gut angezogen sind die Teeverkäufer, wir haben auch Kandiszucker vom Schönbichler und Halva, und ich weiß jetzt auch schon, wie man das Wort ausspricht: Halva, und die Teefibel und *Rund um den Tee*, und eine echt chinesische Teeschale habe ich, oder japanische, ganz rund und weit, obwohl er sagt, das ist Unsinn, da wird er ja gleich kalt, er trinkt seinen Tee aus rotem Keramik, aus dem Geschirr, das schon hier war, als wir ankamen, aus dem Mietgeschirr trinkt er den Tee.
Deshalb habe ich gedacht, wir sollten wenigstens mit echtem Silber umrühren, jeden Morgen wollen wir unseren teuren Tee mit echtem Silber, damit der Morgen versilbert wird, weil wir ja nicht reden am Morgen, Schweigen ist Gold, also paßt das dazu, und seine Großmutter hat gesagt: Vögel, die am Morgen singen, holt am Abend die Katz. Nihilistisch ist das eigentlich, sagte er, als er aus dem Badezimmer kam, Rasierschaum um den Mund, Schnurrbart ausgespart, bis zu den Augen den

Schaum, aber der Schnurrbart bleibt. Dabei bin ich so gespannt auf seine Oberlippe, wie das eines Tages sein wird, ihn küssen, ohne daß der Schnurrbart da wäre, eines Tages vielleicht. Eine nihilistische Weltanschauung steckt in dem, was meine Tante sagte, sagte er, und dann sang er weiter, es war heute ein Morgen irgendwie einladend zum Singen, und wir haben auch gelacht im Badezimmer, was noch nie vorgekommen ist, weil wir tragische Figuren sind, aber jetzt spüren wir den Frühling, und die Katze sitzt nachts auf dem Fensterbrett wegen der Tauben, und gemeinsam sind wir aus dem Haus gegangen heute morgen mit so einer Selbstverständlichkeit, als wären wir schon lange zusammen und als wäre es schon lange gutgegangen mit uns.

So lange, daß es noch sehr lange gutgehen wird, selbstverständlich. Und jeder hat jetzt einen Schlüssel zur Wohnung. Wir sind gebunden frei. Ich hab meinen zerrissenen Wollrock mitgebracht und das Nähzeug, anstatt ihn zum Kunststopfer zu tragen, damit er mich hier nähen sieht und mein Anblick ihn rührt. Eine Frau, die näht, kann nur anständig und verläßlich sein, und seine Socken werde ich stopfen, er wird sich noch wundern. Und im Kino war ich, zwei Karten für Samstag bestellen, weil wir noch nie im Kino waren zusammen und weil wir das eben jetzt vorhaben. Dann kaufte ich Kandiszucker und sperrte die Wohnungstür auf, Bedienerin war da, ist schon fort, alles blitzblank und der Tisch im Vorzimmer leer, sie hat wieder alles weggeräumt, jetzt geht die Sucherei wieder los, und er ist noch nicht da, naja, dann packe ich eben aus, alles, was ich sonst noch gebracht habe, Klopapier, gleich vier Rollen, damit er sieht. Und den Fußspray, den ich ihm empfehle, der zwar teurer ist als die, die er verwendet, aber eben besser als die schlechten, und ich horche und warte, horche, warte. Er kommt nicht. Das ist jemand anderer gewesen, der gerade im Lift heraufgefahren ist.

Also warte ich. Eine Zigarette rauchen. Aus dem Schrank im Badezimmer räume ich alles heraus, was die Bedienerin hineingeräumt hat, weil sie nicht wissen kann, daß wir gern alles griffbereit und übersichtlich haben, ich horche, ich warte, dann fällt mir das Kohlepapier ein, wir brauchen Kohlepapier, er hat mir etwas erzählt, das möchte ich aufschreiben für ihn, eine Geschichte, die ich schreiben möchte, als hätte er selbst sie geschrieben, von hier gleich abschicken, von dieser neuen Adresse, die Glück bringen soll, Sonnenfelsgasse, Sonnenblumen, Sonne, Fels, naja, Gasse, er mag keine Assoziationen, mein Verleger versteht sie nicht, eine Schriftstellerin muß allein leben, ein Künstler wie er muß allein leben, Sonnenfelsgasse, Wollzeile, schöne Namen haben die Gassen im 1. Bezirk von Wien, «Bin in der Wollzeile» schreibe ich auf einen Zettel, lege ihn auf den Tisch, «Lieber Boggi Deine B.», zwei Herzen dazu, Korb und Handtasche mitnehmen, wer weiß, was ich noch alles kaufen werde, Joghurt zum Beispiel für die Nacht, weil wir im Schlaf zum Eisschrank nachtwandeln, am Morgen stehen dann vier große, leere Joghurtbecher neben dem Spülbecken, Riesenjoghurts werde ich kaufen, Familienpackung heißen die, Heidelbeer mag er am liebsten, aber das Milchgeschäft ist geschlossen, heute ist Mittwoch, natürlich, die Bedienerin kommt mittwochs, in der ganzen Wollzeile kein zweites Milchgeschäft, auf und ab gehe ich, kaufe ein dunkelbraunes Buch, antiquarisch, *Hundert Jahre Gewerkschaft der Schuharbeiter*, ich muß mich informieren, und eine zerlesene Novelle von Adalbert Stifter, und Ausschau halten nach einem beigen Regenmantel und einem Schnurrbart unter einem breitkrempigen Hut.

Vielleicht war er daheim, hat den Zettel gesehen, ist zurück zum Lift, hinein, hinunter, hinaus zur Wollzeile, vielleicht begegnen wir uns im Teegeschäft, das wäre möglich, er kauft vielleicht Kandiszucker, aber da sehe ich die Silberlöffel, echtes Silber, und ich sehe mich schon im Geschäft, da fährt der dicke, kurze Finger der Frau über die Preistabellen. Ein Löffel 857 Schilling. Überlegen Sie es sich, sagt die Frau. Ihr Finger ist irgendwie gemütlich. Ein Silberlöffel würde genügen für ihn und für mich. Jeden Tag den Kandiszucker mit einem Silber umrühren, während er seine Pfeife raucht und liest. Jeden Morgen hat er einen Silberlöffel zur Entschädigung dafür, daß ich länger schlafe als er. Oder möchten Sie einen versilberten, fragt die Frau. Entweder – oder! Ein echter Silberlöffel ist schwerwiegend, unübersehbar, so ein Löffel, wenn man den in die Hand nimmt mit seinem ganzen Silbergewicht, in der zeitlosgeschmackvollen Form, die ich wähle, sofort weiß ich, welches Modell ich haben möchte für ihn. An meinem Löffel soll er mich erkennen. Jeden Morgen. Wenn er dann den Löffel in den Tee taucht und rührt, wird er nicht mit Wut, sondern mit Rührung denken an die Frau, die noch schläft oder die nicht reden will so früh am Tag, und wenn wir in drei Monaten, oder sagen wir drei Wochen, noch immer zusammen sind, werde ich eine Silbergabel dazukaufen. Heben Sie den Zettel auf, sagt die Frau, da steht die Nummer des Modells drauf, Sie brauchen nur den Zettel mitzubringen, wir haben die Garnitur immer vorrätig. Und ich sage; Geben Sie mir zwei. Es ist entschieden. Zwei Silberlöffel zur Belastung unserer Liebe. Zwei Silberlöffel, meine Mitgift.

Der erste Mann, mit dem ich verheiratet war, hat sich für meine Mitgift in bar ein Auto gekauft und es behalten, das heißt, später hat er es eingetauscht gegen einen noch schnelleren Wagen, ihn mir vorgeführt, als er mich besuchte, hat gar nicht an das gedacht, was er versprochen hatte in jener letzten Nacht, als wir nebeneinander lagen und ins Schwarze redeten, unsere Trennung, und die Mitgift. Die bekommst du selbstverständlich zurück! Keinen Groschen werde ich behalten! Das fehlte noch! Die fehlte mir dann wirklich, die Mitgift. Die gab er nie zurück. Und die anderen Männer, mit denen war ich erst gar nicht verheiratet. Obwohl, einer schenkte mir ein vergoldetes Herz, aber eben nur vergoldet, und einer ließ sein weißes Hemd hundert Prozent Cotton bei mir zurück, ein anderer ein Paar Socken, die kein Nachfolger wollte, weil sie an zu vielen Stellen mit zu vielen Farben gestopft waren, er war Ungar, seine Mutter liebte ihn sehr, und ein anderer hat mir einen Armreifen handmade

in Äthiopien geschenkt, aber den hatte er nur mitgebracht für irgendein Mädchen, und diese Irgendeine war dann ich, er ließ mir den Armreif für zwei Küsse, ich weiß nicht, wie meine Schwester das macht. Von einem bekam sie einen Renault, von einem anderen die Wohnung, von einem ein Kind, von demselben auch die Abtreibung.
Meine Schwester hat schon wieder einen Freund, der schenkt ihr schon wieder ein Auto, und ich bekomme immer nur wunderschöne Briefe oder eine Rose oder ein Telegramm, aber so richtige Gebrauchsgegenstände hat man mir nie angeboten, und es waren auch keine nützlichen Lieben, die ich erlebte, es waren immer sehr große Lieben mit Ehefrauen, die dann plötzlich wieder zu rauchen anfingen in meinem Schlafzimmer, wo wir über den Ehemann verhandelten, den ich zurückzugeben bereit war, weil das immer so wunderbare Ehefrauen waren, die plötzlich in mein Schlafzimmer segelten, nachdem der Mann von Scheidung gesprochen hatte, zuerst mit mir, dann mit ihr, die rauchten und weinten dann auf meinem Bett, und ich verbrannte vor ihren ungläubigen, dankbaren Augen die wunderschönen Briefe und sprach meinen totalen Verzicht aus, obwohl es mir immer sehr ernst war mit Heiraten und Kinderkriegen und gemeinsamem Auto, zum Beispiel. Ich hätte mein Auto aufgegeben, um neben ihm zu sitzen in seinem Auto, um ihn lenken zu lassen. Irgendwie, so scheint es, sollte es nie so sein, weil er, eben, auf mich wartete. Die ganze Zeit. Weil er sich schon vor Jahren gefragt hatte: Irgendwo in dieser Stadt muß doch jemand sein?!
Und ich war in dieser Stadt, und eines Abends steckte er meine Hand zu seiner Hand in seine Manteltasche, und jetzt habe ich also die Löffel. Nach drei Monaten und fünfzehn Tagen. Denn er hat gesagt, er hätte doch keinen Vorteil durch mich, ich sei weder reich noch eine Hausfrau, noch sonst irgendwie von Vorteil, außer daß eine starke Anziehung von ihm zu mir und von mir zu ihm bestehe, und keine Aussteuer, das hat er auch gesagt, daß man nicht behaupten könne, er habe mich wegen ir-

gendwelcher Aussteuer oder Mitgift oder wegen eines Pferdestalls genommen, sondern: nur Nachteile. Ich zehre an ihm, ich verbrauche seine Substanz, ich bin schwierig, das wird nicht gutgehen, das wird sehr böse enden, alle wissen es schon, unsere Psychiater halten die Betten bereit auf der Klinik, es gibt schon Wetten, wer zuerst kommt, er oder ich, oder beide zusammen, weil wir psychiatrische Fälle von vornherein sind, jeder für sich seit immer, und unsere Kombination ist psychiatrisch absolut effizient, sein Doktor, der auch mein Doktor ist, lebt in ständiger Bereitschaft, und wir dürfen ja die Silberlöffel dann mitnehmen auf die Klinik, jeder darf mit seinem echten Silber den dünnen Tee aus der Krankenhausküche umrühren, und die Patienten werden denken, so, wie wir aussehen, haben wir die Löffel irgendwo geklaut.

2

Ich komme um fünf, wie jeden Tag. Diesmal liegt er mit dem Rücken zur Tür. Ich sehe es durch die Jalousien am Fenster, das Vorzimmer und Krankenzimmer trennt. Er schläft vielleicht. Ich werde ganz leise sein. Vielleicht ist es bei ihm wie bei mir damals, als ich in der Klinik lag, als ich aufwachte, weil Töhötöm im Zimmer war, und ich spürte: Es ist jemand da. Ungläubig noch, wachte ich auf, schaute, und einen Meter vom Fußende des Betts entfernt saß Töhötöm, ordentlich und gerade, das Hemd zugeknöpft bis zum Adamsapfel, und die Sonne schien durch sein kurzgeschnittenes Kraushaar. Er war seit über einer Stunde still im Zimmer gesessen, um mich schlafen zu lassen. Wie konnte ein Mensch so gut zu mir sein, noch dazu ein Mann? Ich weiß bis heute nicht, warum aus Töhötöm und mir nichts geworden ist. Vielleicht, weil mir das unheimlich war.

Ganz leise trete ich ein, aber er hat mich gehört, dreht sich um, verschlafen – ist aufgewacht. Er lächelt. Seine Wangen sind gerötet und rasiert. Er trägt den weinroten Pyjama, den ihm die zweite oder dritte Ehefrau gekauft haben muß, so abgetragen und selbstverständlich kommt er mir vor, und irgend etwas ist neu im Zimmer, anders. Alles sauber, wie immer, ordentlich aufgeräumt, die Luft rein. Aber es ist nicht alles wie sonst.

Ich habe von dir geträumt, sagt er, du bist gekommen wie ein Lichtschein!

Er spricht heiser, und ich verstehe ihn schlecht. Ich beuge mich über ihn, um ihn zu küssen. Auf der Fahrt im Auto habe ich Lakritze gelutscht, um guten Atem zu haben.

Drei Eier, sagt er, in deinem Korb lagen drei große Eier.

Was für Eier? frage ich argwöhnisch, weil er so oft etwas Obszönes sagt, wenn ich es gar nicht erwarte.

Große Eier, sagt er.
Was habe ich ihm schon wieder gebracht im Traum? Seit seine Frau, derentwegen wir dauernd Streit haben, ihn vor mir gewarnt hat, ich sei eine Nymphomanin, und seit sie, nachdem er sie meinetwegen verlassen hat, bei ihm anruft, um das neueste Gerücht zu erzählen, das sie über mich gehört hat, bin ich immer auf das Schlimme gefaßt, das ihn dazu bewegen wird, zu seiner Frau zurückzukehren.
Große Eier, sagt er, wie heißen die?
Taubeneier? Oder Straußeneier? Känguruheier, gibt's die auch?
Nein, sagt er, es waren nur drei große Eier.
Dann steht er auf, und dann sehe ich die Maiglöckchen. Jemand ist eingedrungen, dort, drüben auf dem Nachttisch, ein kleines Bund Maiglöckchen. Ein liebes Sträußchen. Reine, unschuldige Blümchen. Stehen einfach da drüben im Eck.
Hast du Besuch gehabt?
Er ist dabei, sich den Schlafrock anzuziehen.
Ich weiß schon, wer das war. Ich brauche gar nicht zu fragen. Ich werde auch gar nicht fragen. Denn ich möchte es nicht wissen.
Von wem sind denn die Blumen?
Er tut, als habe er nichts gehört. Er steht mit dem Rücken zu mir. Natürlich. Das geht mich nichts an. Blumen darf ihm bringen, wer immer will. Ich werde mich nicht einmischen. Nur, ich habe bis jetzt vieles gebracht, Bücher, Zigaretten, eine ganze Ruine, die wir mieten wollten, habe ich auf Fotografien gebracht, bin zweimal zweihundert Kilometer gefahren an einem Tag, Rückfahrt bei Gewitter, daß er am Fenster saß und überlegte, wie er sich umbringen könnte, falls ich nicht lebend zurückkäme. Aber Blumen! Warum bin ich nie auf den Gedanken gekommen, ihm Maiglöckchen zu bringen? Wie es sich doch gehört in einem Spital?
Die Rose, die ich ihm einmal gebracht habe, um mich für mein Zuspätkommen zu entschuldigen, steht in einer Vase auf sei-

nem Eisschrank, verblüht, während er kühle, frische Maiglöckchen bekommen hat.
Sie war es. Nur sie kann es gewesen sein. Ist gekommen und hat ein Zeichen hinterlassen für mich: Ich bin noch nicht aus der Welt, Fräulein!
Die... war hier, sagt er so leise, daß ich die Chance hätte, es zu überhören. Dann sagt er etwas anderes, aber ich höre nichts mehr, sehe nur *sie*, wie sie klein, lieb und eifrig die Blumen in die Vase steckt. Oder was ist das? Wohin hat sie sie gesteckt? Hat sie die Vase mitgebracht aus der gemeinsamen Wohnung? Hängt noch eine Erinnerung daran?
Die Maiglöckchen möchte ich nicht sehen, aber ich muß hinschauen, um zu sehen.
Sie hat ihm den kleinen Strauß einfach ins Glas gesteckt. Und woraus soll er, bitte, trinken? Sie hält sein Trinkglas besetzt mit ihren Maiglöckchen! Hat er ihr nicht gesagt, wie durstig er die meiste Zeit ist? Sie kann es natürlich nicht wissen, daß wir gemeinsam aus diesem Glas trinken.
Mit solchen verdammten Maiglöckchen kommt sie, ohne zu bedenken, daß wir uns hier hätten treffen können. Hat er sie herbestellt? Hat er ihr gesagt, wann sie kommen soll, damit ich nichts erfahre, und hat er dann nicht gemerkt, daß sie ihm heimlich Maiglöckchen ins Trinkglas steckte? Er merkt ja nie etwas!
Sie stellt einfach Blümchen her, damit ich sehe: Jetzt geht es ihm wieder gut, nachdem sie hier war, jetzt träumt er sogar von mir in einem Lichtschein und mit Geschenkkorb, nur weil sie endlich Ordnung in dieses Krankenzimmer gebracht hat.
Bei ihr hatte er die Geborgenheit, die ihm bei mir fehlt. Vielleicht hat er ihr gesagt, daß er mein Ofen ist, ein Ofen, der friert, weil er immer nur menschliche Wärme an mich abgibt, während ich selbst keine menschliche Wärme verströme.
Dafür bringe ich aber doch Zeitungen und allerhand Informationen, auch heute, aber auf dem Tisch liegt schon eine Zeitung, verkehrt, mit der Sportschlagzeile nach oben. Ich müßte

meine Zeitung jetzt im Korb versteckt halten und mich beherrschen. Ich werde nichts sagen. Ganz flau wird mir im Magen vor Beherrschung, während ich zwanglos in der Zeitung blättere, die auf dem Tisch liegt, und er das Abendessen zerlegt, das sie einem hier schon um fünf Uhr ins Zimmer stellen.
Ich lese, was es an Neuigkeiten gibt.
Ich kann mich so schwer konzentrieren, auf die Kulturnachrichten, weil das da drüben im Eck, dieser Störsender, diese weißen Glöckchen mit den grünen Blättern, dieses Wasser im Glas – er hat das einfach dort stehengelassen, obwohl er doch gewußt hat, daß mir nichts entgeht! –, und mein Nachthemd räumte er von meinem Bett bei ihm, als sie ihn zum ersten Mal nach der Trennung besuchte! Und ihre Maiglöckchen läßt er stehen? Bedeuten ihm wahrscheinlich nichts.
Aber mein Buch räumte er auch weg von meinem Bett bei ihm, als sie ihn zum ersten Mal besuchte.
Um ihr nicht weh zu tun, hat er gesagt.
Da stehen viele interessante Sachen in der Zeitung. Unglaublich, was sich an einem einzigen Tag im Wiener Kulturleben alles tut. Ich werde lesen, lesen, bis das flaue Gefühl im Magen vergeht.
Es macht sich breit, ich spüre es bis zum Stuhl, auf dem ich kaum noch sitzen kann.
Nur keinen Terror, würde er sagen, wenn er wüßte, was in mir vorgeht.
Aber die Maiglöckchen bimmeln.
Ich möchte wissen, was sie geredet haben. Sie wird wieder ein Gerücht gebracht haben. Das Allerneueste über meinen schlechten Ruf. Er wird wieder gesagt haben: Ach, laß doch. Und sie wird gesagt haben: Nein, nein es ist wahr, ich habe es von fünf Leuten bestätigt bekommen!
Ihr loses Maul, schrieb ich in einem Brief an sie, den ich nicht abschickte, weil er ihn las und sagte, das sei nicht höflich.
Dann werde ich schreiben: Ihr leichtfertiges Mundwerk, sagte ich.

Er half mir, einen noch freundlicheren Brief zu schreiben, diktierte mir die strengen, aber höflichen Formulierungen, dann warfen wir den Brief in den Papierkorb.
Der arme, kleine Kerl, sagte er.
Und jetzt, plötzlich, sagt er es wieder: Der arme, kleine Kerl!
Wenn sie das hören könnte. Armer, kleiner Kerl. Nie würde ich einen Mann besuchen, der mich einen kleinen Kerl nennt! Ihm Maiglöckchen zu bringen! Oder doch? Ich weiß nicht. Ich bin zu zerbrechlich. Ich breche sofort zusammen, wenn mich jemand etwas Unerwartetes nennt.
Vielleicht sollte ich die Maiglöckchen unauffällig aus dem Fenster fallen lassen? Oder zerstampfen, zertreten? Ihm sagen: Solange du dir von *ihr* Maiglöckchen bringen läßt, brauchst du mit meinem Besuch nicht zu rechnen!
Wenn ich noch lange nachdenke, was ich noch alles tun könnte, behalten sie mich gleich hier.
Wenn ich sie jetzt in Abwesenheit beleidige, so, wie sie mich in Abwesenheit heruntermacht, dann sagt er vielleicht, daß ich kein Recht habe, über eine Frau, mit der er immerhin fünf Jahre gelebt hat und besser als mit mir, mich in irgendeiner Weise zu äußern. Daß ich spinne, wird er mir sagen.
Aber das hat er doch gewußt!
Von Anfang an habe ich ihn gewarnt: Paß auf, ich bin hochneurotisch. Aber er hielt das für Koketterie. Er sagte ja auch: Ich bin eine tote Seele. Aber das kam mir sehr interessant vor.
Wann wird sie sich eigentlich bei mir entschuldigen für die Schmach, die sie mir angetan hat?
Natürlich habe ich ihr den Mann weggenommen. Das tut mir auch leid, besonders jetzt, denn ich hasse ihn schon wieder so fürchterlich, daß ich nicht verstehe, warum ich ihn liebe.
Er ist so zärtlich. Er hat eine brummige, tönende Stimme. Er hat die traurigsten Augen, wenn er will. Und seine rechte Hand zittert, wenn er eine Zigarette anzündet.
Und sie bringt ihm Maiglöckchen. Das wühlt ihn doch wieder auf, bei seiner Labilität!

Und sie möchte noch immer seine Wäsche waschen, obwohl ich das doch sehr, sehr gern mache. Ich spüre ja, wie ein Mann abhängig wird, wenn man ihn mit frisch gebügelten Hemden überhäuft. Ich glaube sogar, daß ich hübscher bügle als sie. Ich glaube, er hat diesbezüglich einmal eine Bemerkung gemacht. Und daß meine Wäsche so besonders gut riecht.
Wie grüne Äpfel. Das Dumme ist, daß wir einmal grüne Äpfel gegessen haben. Da sagte er: Das riecht wie dein Waschzeug, das du da immer hineintust.
Ich habe es nicht leicht mit ihm, und sie läßt noch immer nicht locker, anscheinend.
Lieber Gott, bitte hilf mir, nicht ungerecht zu werden. Lieber Gott, bitte, hilf mir, daß ich jetzt den Mund halte.
Dort drüben, sage ich vorsichtig und ohne von der Zeitung aufzuschauen, diese Blumen, mir wird so schlecht.
Ich kann ihr doch nicht verbieten, daß sie mich besucht, sagt er.
Nein, das kannst du nicht. Das sollst du auch nicht! Hat sie dir die Zeitung auch gebracht?
Er sagt nichts mehr. Ich werde jetzt auch nichts mehr sagen. Hoffentlich kommt bald irgendein Arzt herein oder die junge Frau, die ihn für ihren Vater hält.
Du bist mein Papi, sagt sie und legt sich einfach zu ihm ins Bett. Er findet das rührend. Aber dann kommt die Oberschwester und führt die Frau wieder hinaus.
Er ist nicht dein Papi, er ist ein berühmter Schauspieler.
Aber ich hab ihn lieb. Und ich möchte ihn küssen!
Das möchten viele, sagt die Oberschwester, und die junge Frau wird abgeführt.
Aber lassen Sie sie doch hier, Schwester, bittet er dann. Er unterhält sich gern mit Wahnsinnigen. Er braucht nur ein paar Worte zu hören, dann weiß er, wovon gesprochen wird, und die Unterhaltung fließt.
Aber diese Maiglöckchen sind so schmerzlich normal. Sie klingeln und duften, und er tut, als wäre nichts.

Möchtest du?
Er reicht mir ein Stück Brot mit Marmelade.
Nein, danke.
Ist was?
Nein, nein.
Du hast schon wieder diesen Blick! Und den verkniffenen Mund!
Ich bin traurig.
Du siehst aber böse aus.
Mir geht es nicht gut.
Leg dich herein! Siehst eh sehr schlecht aus. Wir sagen der Oberschwester, sie soll uns ein zweites Bett hereinstellen, dann halten wir uns die ganze Nacht an den Händen.
Ich hab doch die Katze daheim!
Bring sie mit!
Wenn doch irgend jemand hereinkäme, jetzt. Der Herr Norbert mit seinem «Sodala!».
Sodala! Die Abendration! Zwei rosarote und eine gelbe Tablette. Dazu das mexikanische Beruhigungsmittel, das nicht süchtig macht und nicht wirkt.
Aber gerade jetzt sind wir ungestört. Und hinterm Glasfenster geht die Sonne unter, die Wolken plustern sich rot auf, das graue Neugebäude bekommt einen warmen, dunklen Schimmer.
Legen wir uns in die Wolken?
Er schaut mich ängstlich an. Ich mache ein Lächeln. Hoffentlich nicht zu breit. Er ist ein großer Schauspieler. Er wird es merken, wenn ich schlecht spiele.
Ist was?
Er hat es schon gemerkt, seufzt und will die Zeitung haben.
Entschuldige, ich bin so unglücklich.
Du siehst böse aus.
Ich sehe immer böse aus, wenn ich leide.
Laß uns jetzt nicht diskutieren.
Wenn ich doch mein Strickzeug mitgebracht hätte. Er liebt

mich, wenn ich stricke. Und ich kann beim Stricken in Ruhe über alles nachdenken, was ich ihm antun möchte. Woher die Eifersucht? Er liebt mich. Ich bin seine große, große Liebe. Seine schmerzliche Liebe. Das hat er oft gesagt. Und das glaube ich ihm auch. Nur, mein Nachthemd räumt er weg, während er die Maiglöckchen zur Besichtigung freigibt.

Ich lege mich aufs Bett und versuche zu weinen. Er ist manchmal gerührt, wenn ich weine. Aber weinen kann ich nur, wenn ich allein bin.

Unser Blick in die Wolken, jeden Abend, wenn er sein frühes, bescheidenes Nachtmahl eingenommen hat und wir uns aufs Bett legen, niemand uns stört, bis Mitternacht dürfen wir liegen, weil wir Sondergäste sind, Künstler, unsere schönen Wolken da drüben, wie wir uns gern haben, wenn es ganz still ist im Zimmer, nur ein bißchen Windgeräusch von der Klimaanlage, und draußen im Gang hin und wieder ein Rufen, eine Tür, Schritte – aber nicht zu uns herein, denn sie lassen uns in Ruhe, scheinen zu wissen, daß wir hier gut aufgehoben sind.

Mein armer, kleiner Kerl, sagt er und kommt zum Bett, streicht mir das Haar aus der Stirn und küßt mich.

Es tut so gut, ein kleiner Kerl zu sein und jetzt von ihm in den Arm genommen zu werden.

3

In seinem Schlafrock stehe ich in der Küche und warte, daß die Milch warm wird. Ein Wassertropfen zischt auf der Herdplatte. Ich zucke zusammen und stelle fest, daß meine Nerven angegriffen sind. Ich schnuppere an meinen Armen, über denen der Stoff seines Schlafrocks liegt und rieche ihn. Salbe ist er, weiche, heilende Salbe.
Daß die Liebe das Wunder ist, das das Leben erst lebenswert macht, *A many splendoured thing* und *Nature's way of giving a reason to be living* habe ich als Kind gehört und mitgesungen und nicht geahnt, in was für einen Glaubensverein ich mich da einschreibe. Daß die Liebe eine Gewalt ist, weiß ich seit heute. Nein, seit ich ihn kenne. Und immer mehr komme ich zu der Überzeugung, daß die jugendfreien Liebesromane und die jugendfreien Schlager verboten werden müßten. Kinder sollten wahre Romane lesen und wahre Schlager singen. Zum Beispiel einen von Gottfried Benn: *Der Mensch, ein armer Hirnhund, schwer mit Gott geschlagen.* Damit sollten die heiligen Klosterschwestern schon im Kindergarten anfangen.
Die Lampe über seinem Kopf brennt noch. Er schläft mit dem Buch in der Hand. Ich dachte, daß er aufwachen würde, wenn ich das Wasser im Bad rauschen lasse. Aber er schläft tief im Schein der Lampe, hält das Buch noch immer so, als könne er lesen und schlafen gleichzeitig. Ich steige ins Bett, drehe das Licht ab und lege mich in einiger Entfernung von ihm wieder zurecht. Ich könnte das Buch aus seinen Händen nehmen. Aber irgend etwas hindert mich. Vielleicht, weil er davon aufwachen würde. Oder weil ich möchte, daß er selbst sieht, daß er mit dem Buch eingeschlafen ist.
Den ganzen Tag verbringen wir in der Wohnung. Er liest weiter

in dem Buch, mit dem er eingeschlafen ist. Ich ordne Briefe in den Laden, werfe vieles weg, koche Tee, bringe Brote ans Bett, in dem er unaufhörlich liegt und liest. Wir sprechen kaum miteinander, und wenn, dann sind es Belanglosigkeiten, die wir mit gequetschten Stimmen aus uns herauspressen. Als er das Buch zu Ende gelesen hat, raucht er noch eine Zigarette, dann geht er hinaus, kommt mit dem Anzug ins Zimmer zurück, geht nackt umher. Ich frage: Mußt du gehen? Ich will nach Hause, murmelt er. Er – zieht sich an. Auf Wiedersehn, sagt er. Er geht, ohne ein Taxi zu bestellen. Ich höre die Wohnungstür zuschnappen.

Einige Male bin ich in der Nacht aufgewacht, habe nach ihm gegriffen, seine Haut befühlt, die starr und kalt war. Die Hand auf seine Brust gelegt, die sich nicht rührte, und gedacht: Alles einfach geworden dadurch, daß er tot ist. Dann schaute er mich an, und ich hatte meine Hand auf seiner Stirn, jetzt wie um ihm den Schweiß abzuwischen, merkte jetzt auch, daß er atmete und bildete mir ein, er habe meinen Wunsch erraten. Um nichts erklären zu müssen, legte ich meinen Kopf an seine Schulter, tauchte mit dem Finger in sein gekräuseltes Brusthaar, umkreiste die winzigen, dunkelroten Hügel, an denen sein Körper am zugänglichsten und widerstrebensten sein kann.

Ich liebe dich.

Ich liebe dich auch.

Das klang, als seien wir zwei in gleicher Weise Verurteilte. Zwei Weggespülte, Gestrandete, und unsere Worte das Wrack, auf dem wir noch immer trieben.

Seine ängstlichen, forschenden, traurigen Augen werden mich suchen und eine Feindin finden, so, wie ich hier sitze, steif, mit der Brille. Er weiß, wenn ich die Brille trage, meine ich mich ernst. Er wird fragen, ob ich schon lange warte, wird seinen guten Anzug tragen und ein weißes Hemd. Oder das dunkelbraune, das ich nicht mag. Oder den Rollkragenpullover. Wenn er im Rollkragenpullover kommt, wird es nur gut sein,

daß ich die Brille trage. Er wird sagen, er habe nicht damit gerechnet, daß es hier so voll sei. Er wird sich an diesen kleinen Tisch setzen und mich durch einen Seufzer darüber informieren, daß ich den Ort für unsere letzte Begegnung schlecht gewählt habe. Weil dieses überfüllte Kaffeehaus eine Zumutung ist, und ich bin für ihn die Hölle und keine Frau, denn es hat Frauen gegeben in seinem Leben, bevor ich kam, hingebungsvolle und hingabefähige Frauen. Was hat er mich genannt?
Das eine, das war das eine. Das habe ich akzeptiert. Es war gut formuliert, witzig, originell. Hat weh getan, aber ich habe es akzeptiert. Vielleicht, weil es so witzig war. Das mußt du doch zugeben, sagte er, du als Schriftstellerin, die Formulierung war gut. Ja, sagte ich, ich gebe es zu, aber sag es nie mehr wieder. Nein, ich sag es nicht mehr, ich verspreche es dir, aber es war doch gut formuliert?
Nur das andere. Das, was er ein paar Stunden später gesagt hat. Ich will mich nicht erinnern. Muß mir das Wort immer wieder vorsagen für den Fall, daß er im weißen Hemd kommt. Nein, die Ratten verlassen das Schiff LIEBE. Er wird das dunkle Hemd tragen, und er wird sich eine Zigarre anzünden, eine von den ganz langen, die er immer geraucht hat, vor unserer Zeit, die er früher rauchen konnte. Ich hoffe, er trägt den Rollkragenpullover. Der sein Gesicht zusammendrückt. Daß ich seine Pullover vom ersten Tag an nicht mochte, beweist ja schon einiges. Außerdem ist Liebe, wenn man sich zueinander anders verhält als er und ich. Seicht werde ich sein, so seicht wie die Sprüche auf unseren Handtüchern. Liebe ist... Leicht und seicht, wie er mich nicht ausstehen kann. Er hat mich geliebt, von Anfang an, sagt er, wegen meiner Tiefe.
Da fallen Formulierungen auch tief hinein, wenn eine so tief ist. Überspannte Person! Wenn ich beim Lesen deiner Bücher gewußt hätte, was für eine überspannte Person das alles geschrieben hat! Dumme Kuh! Außerdem. Leicht bist du und seicht. Überspannte, leichte Kuh? Wie bringen Sie das zusammen, Herr? Ich werde ihn siezen. Das schafft den nötigen Re-

spektabstand. Die Frauen, die mit dem englischen Kronprinzen ins Bett gehen, müssen ihn auch im Bett mit Sir anreden. Verstehe ich vollkommen. Liebe ist, einander mit Respekt zu behandeln. Mit Respekt, das ist anders als er und ich.
Gerade an dem Tag sagt er das, das andere, als mir ist, als hätte ich einen kleinen See im Magen, kleine Wellen, die schaukeln. Schwanger, für immer mit ihm, weil ich schwanger bin mit ihm. Das muß ja Folgen haben, wenn einer flüstert: Genieß es, mach nichts, genieß es, laß dich forttragen, sei ruhig, atme ruhig, hab keine Angst. Sein Mund auf meinen Augen, als könne er alle Schreckbilder auslöschen. Vertrauensvoll bin ich in die Fremde getrieben mit ihm, in die Irre, mit ihm, der das gesagt hat, dann, und jetzt sitze ich in diesem Kaffeehaus.
Still war es nachher, aber eine andere Stille als die nach seinem Schrei: Gott, hilf uns!
Gott, hilf uns. Er glaubt doch gar nicht an Gott. Er glaubt an Gottfried Benn, und das ist ein Unterschied. Mich beschreibst du immer wie die größte Teufelin, und dich stellst du als den Engel hin, der verlorengegangen ist!
Treue bis in den Tod, sagte ich. Nur bis zum Tod, fragte er. Eine einzige Wunde, sagte er, wenn wir getrennt sind, ich fühle deine Abwesenheit wie einen Amputationsschmerz. Und wirft mir vor, ich sei krankhaft von ihm abhängig.
Es wird schiefgehen, hat er am Anfang gesagt. Seine Mutter, die immer die Zeitung aufschlug mit: Mal sehen, wer gestorben ist.
Ich werde barmherzig. Wie kann ich erwarten, mit einem in Frieden zu leben, der Krieg führt gegen alle Frauen, nur weil seine Mutter ihn jeden Tag besiegte, als er noch gar nicht wußte, daß Krieg war? Ich bin nicht deine Mutter! Das weiß ich, du bist ja auch nicht die Spur mütterlich! Du solltest kein Kind haben, übrigens, du hast ja keine Wärme. Keine Wärme? Ich? Ihn anschreien: Weil du mir ein Kind nicht gönnst! Weil du mir das Kind nicht gönnst, das mir beweisen könnte, daß ich ein Recht zu leben und so weiter! Nicht schreien, er ist nicht

meine Mutter, ich bin nicht sein Vater, er ist auch nicht mein Großvater, er ist er, und er ist von weither gekommen, viele Frauen hindurch zu mir, und ich bin von weither, und ich, und viele Männer hindurch zu ihm, habe mir einen Weg gehauen durch Dornen, hab sie niedergetrampelt mit meinen Stiefeln, jetzt steh ich da und weiß nicht, warum ich die Stiefel mit den Kriegernarben im Leder nicht ausziehe. Vielleicht sind sie festgewachsen an meiner Haut!

Nur, bald ist Weihnachten. Und ich möchte einmal Weihnachten verbringen mit demselben Mann, mit dem ich vergangene Weihnachten verbracht habe. Wenn er nur nicht gesagt hätte, was nicht gesagt werden darf von einem Mann, der liebt. So stand es jedenfalls nie in den Romanen.

Still war es im Zimmer, als er es ausgesprochen hatte, aber eine ganz andere Stille als die nach: Gott, hilf uns!

In der Wohnung über uns wurde geflüstert, in der Wohnung unter uns wurde geatmet. So still war es.

Liebe. Mit einer Drohung ist er auf mich zugekommen. Ich liebe dich auch, drohte ich zurück. Gefoltert haben wir uns mit diesem Wort, immer wieder.

Dein Additionsgeist! Du addierst und addierst das Kleine und übersiehst dabei das Große! Natürlich, so entsteht Literatur, nur, daß alles zwar so ist, wie du es siehst, aber immer nur eine Hälfte der Wahrheit!

Ich hoffe, er kommt im Pullover. Und ich hoffe, wenn ich eines Tages wieder zur Welt komme, daß auch mir dicke Tränen aus den Augen springen, wenn ein Mann zum ersten Mal meinen Busen berührt. Die scheinen ihn geprägt zu haben, die dicken Tränen seiner kleinen Russin. Und mit der Soundso zu schlafen, das war wie Dasunddas. Eine Woche lang habe ich nicht mit ihm geschlafen deshalb. Dann stammelte ich: Du verletzt mich, wenn du immer vergleichst. Ach so? Ich dachte, du seist da sachlicher. Weil ich ihm den Hite-Report aus dem Regal gezogen und auf den Bauch geworfen habe. Er blätterte darin, amüsierte sich, sagte dann kleinlaut: Ich möchte wissen, wie viele mich da betrogen haben! Und: Das wußte ich ja nicht, daß dich das so treffen würde, wenn ich sage: Dein säuerliches Gesicht. Ich, gleich zum Spiegel. Da schaut meine Mutter mir entgegen. Und der Streit wegen der Eierschalen, die ich nicht weggeräumt habe. Lange Diskussion darüber, ob herumliegende Eierschalen ekelerregend sind oder nicht, ob ich früher seine Eierschalen jeden Morgen weggeräumt oder ob er sie jeden Morgen selbst in den Mülleimer geworfen habe, ob das Liegenlassen von Eierschalen etwas Provozierendes hat oder nicht, und mein Gesicht, ob da ein Ausdruck von Verzweiflung ist oder nur säuerlich. Sag bitte nichts über mein Aussehen, ich war ein häßliches Entlein und bin eine Ente geworden, und meine Eltern – deine Eltern gehen mir allmählich auf die Nerven! Ich meine, so, wie du mich liebst, wie wir ein Strom sind, du und ich, wenn ich mich forttragen lasse von dir, da fühle ich mich doch als Frau, und du kannst das, daß ich mich als Frau fühle, und meine Eltern, die es mir immer wieder absprechen, daß ich eine bin, weil ich doch nie ein Kind haben werde, weil ich doch zu einem Kind nie passen würde, also, meine Eltern, die können mich. Ich will ihre Friedensbedingungen nicht in unseren Frieden tragen. Nur, wenn du kommst, wie immer gekleidet, werde ich es bereithalten auf der Zunge, was du mich genannt hast, aussprechbereit. Ich werde es dir sagen. Du fragst so oft: Das habe ich gesagt? Habe ich das wirklich gesagt?

Meine Frau trägt ein Fahrrad, sagst du ja auch, zum Beispiel. Obwohl ich finde, daß nur dieses Modell mich kleidet. Und wenn ich ohne Brille den Tisch abräume, stoße ich doch immer etwas um, gestern wieder, allein in meiner Wohnung, spürte ich, wie es knirschte unter meinen nackten Füßen. Mein Gott, hörte ich dich rufen, ach, du großer Gott!

Er glaubt doch nicht an Gott.

Den ganzen Kristallzucker auf dem Fußboden verstreut. Der klebte an meinen Sohlen, während ich nach dem Besen tastete.

Er wird im Pelzmantel kommen, weil es schon schneit. Ich werde ihm sagen, was er mir gesagt hat, dann gehen wir auf den Christkindlmarkt vor dem Rathaus. Weihnachtsgeschenke kaufen. Nicht für uns. Wir sind reich gesegnet. Aber für unsere Mütter.
Liebesromane.
Ich möchte meiner Mutter alle Bücher, die sie mir geschenkt hat, zurückschenken. Alles Zuckerzeug.

4

Man schläft nicht mit einem verheirateten Mann. Ich bin eine miese Figur. Ich bin doch nur mit ihm ins Bett gegangen, damit er es mir gratis macht. Weil man nicht weiß, wie teuer die Anwälte sind. Die verrechnen einem pro Telefonat, das sie führen, und pro Brief, den sie einer Sekretärin diktieren, gleich ein paar hundert oder ein paar tausend Schilling. Je nachdem, was für eine Adresse sie haben und ob sie berühmt sind oder nur sehr gut, und je nachdem, für wie dumm sie einen halten, und ich habe mir vorgenommen, mich in meinen Anwalt sofort zu verlieben, damit ich mir, wenn ich mit ihm ins Bett gehe, um Kosten zu sparen, nicht vorwerfen muß, daß es aus Kalkulation war.

Nun habe ich mich aber tatsächlich in ihn verliebt. Und vielleicht war das mit dem Honorar nur eine Ausrede für mich. Denn bezahlen hätte ich ihn ja können. Ich glaube, so teuer ist der gar nicht. Irgendwie wollte ich aber, daß dieser sympathische Mensch mir etwas schenkt. Einmal möchte man doch das Gefühl haben, man geht zu einem, der sich auskennt in juridischen Dingen, und man schildert ihm ein Problem, und anstatt zu überlegen, wieviel Geld ihm das eintragen wird, überlegt er, wie die Paragraphen lauten und wie er mir daher helfen kann.

Natürlich war anzunehmen, daß er verheiratet ist. Er sieht sehr gesund aus, normal, gepflegt, und er dürfte zwischen vierzig und fünfzig sein. Er hat eine angenehme Stimme, spricht klares Deutsch, lebt wahrscheinlich in Wien, hat aber keine irgendwie typisch österreichischen Manieren. Er dürfte viel im Ausland gewesen sein, denn sein Anzug ist weder überbetont englisch noch hiesige Folklore. Seine Zähne sind gewiß schon ein bißchen restauriert worden von einem, der es verstand, aber sie wirken nicht kosmetisiert. Er war insgesamt eine so erfreuliche, gepflegte Erscheinung, daß ich mich, während wir über meinen Fall berieten, fragte, was für Schultern sich unterm Sakko befinden und ob er ein Unterhemd trägt oder nur dieses seidene.

Ich habe mich dann am Anblick der Hände ergötzt, die er hob, auseinanderlegte, zusammenfaltete, und ich sah, daß die Finger lang, aber nicht diebisch lang sind. Und daß er zwar rein, aber nicht pedantisch manikürt ist.

So habe ich dann phantasiert, ob er eine zarte Haut hat oder eine eher wenig fühlende, denn es gibt ja Männer, die möchtest du streicheln, aber da spannt sich nur ein Muskel. Und andere, die schmelzen.

Es gibt ja Männer, die fühlen sich so sanft an, daß du vergessen kannst, was du an feministischen Parolen gehört hast. Da liebst du den Mann, wie er ist, und du bist beinah froh, selbst ein bißchen stärker zu sein.

Es gibt ja Männer, die geben dir das Gefühl, daß noch Matriarchat ist. Und ihre Potenz ist gut, aber die Macht, die sie dadurch für dich und in dir und irgendwie halt leider auch dadurch immer ein bißchen über dich haben, geht mit Gefühl einher.

Sie drängen dir nichts auf und stoßen dich nicht, als wärst du ein Teppich, dem sie unbedingt auf den Grund kommen müssen, ob darunter ein Fußboden ist oder Zement, und sie liegen so wehrlos und waffenlos an deinem Leib, daß du –

«Dafür gibt es leider auch keinen Paragraphen.»

«Wie bitte?»

«Naja, das ist leider alles nicht strafbar.»

«Ich weiß gar nicht –»

«Mit Gesetzen kennen Sie sich nicht aus, sicher. Deshalb sind Sie ja bei mir.»

Er hebt wieder diese Hände. Kein Ring.

Oder will ich das goldene Ding nur nicht sehen? Ich getraue mich nicht, ein zweites Mal hinzuschauen.

Seine Lippen sind jung. Obwohl er viele Fältchen um die Augen hat.
Er sieht so aus, daß man Mönche versteht, die kleine Knaben erziehen müssen, und immer nur Knaben, und da sitzen sie vor dir, die Buben, mit den geschürzten Lippen, den stumpfen Näschen, den großen Augen, und immer nur fünfzig, zweihundert Knaben, und da sollst du dich nicht einmal bücken und so ein Lippenpaar scheu berühren mit dem eigenen Mund.
«Wenn ich Ihnen aber behilflich sein kann…»
Er sagt irgend etwas von «privat».
Ich weiß nicht, ob ich mich jetzt verhört habe.
Der Schreibtisch ist so groß. Der Schall dringt von weit her. Er ist, zu allem Überfluß, nun aufgestanden, hat ein paar gewagte Schritte – schlanke Figur! – über den Parkettboden gemacht, hin zu einem nüchterndunklen Jugendstilmöbel, hinter dessen Glas ein paar Ordner und feierliche Lederbände stehen. Ich kann der ganzen Handlung nicht mehr richtig folgen.
Er hat sich gebückt, ist in die Knie gegangen, um, ohne den Schrank zu öffnen, durch die gläserne Tür, die mit Holz eingerahmt und von Holz unterbrochen ist, zu spähen.
«Ja», sagte er, «das meine ich ernst.»
Ich weiß nicht, hat er zwischendurch etwas gesagt? Ich wage nicht zu antworten.
So ein Mann hat gewiß viel Erfahrung.
Ich bin hierhergekommen in dem festen Vorsatz, mir endlich das Geld zu holen, das mein *Veruntreuer* mir schuldet, und auf dem Weg in die Kanzlei habe ich bedacht, daß mich das auch nur wieder etliche Summen kosten wird und daß ich doch, wenn der Mann nicht zu eklig ist, ihm anbieten könnte, mich zu nehmen. Einfach so, damit ich in Naturalien bezahle und kein schlechtes Gewissen haben muß, weil ich, anstatt mich von vornherein *nicht betrügen* zu lassen, sofort wieder einem Betrüger in die Falle gehe. Und dann war der Anblick des Rechtsgelehrten so überraschend keusch, daß ich dachte: Er weiß nicht, was eine Frau ist. Er hat brav studiert, er hat promoviert, er leistet

seine Arbeitszeit ab in dieser Kanzlei, und dann geht er heim, begrüßt seine Mutter, fragt sie, ob er schon das Nachtmahl für sie zubereiten darf, und sie streicht ihm übers Haar und sagt: «Wie gut, daß ich dich habe. Danke, daß du dich für Frauen nicht interessierst.»

Und jetzt komme aber ich.

«Freilich müßte es für all das, was Sie so dargelegt haben, Gesetze geben. Wir haben zuwenig Gesetze für diese speziellen Fälle. Sie überschneiden sozusagen das, was vom echten Verbrechen abweicht, mit dem, was genau so ein Verbrechen ist, nur leider nicht nachweisbar.»

Ich werde mich von ihm beraten lassen, ja, aber ich werde nicht zahlen. Ich habe keine Ahnung, was er verlangt für ein Gespräch. Vielleicht schickt er mich nachher gleich zu der Vorzimmerdame, die füllt einen Schein aus, auf dem steht ein Betrag, den muß ich dann aus der Handtasche nehmen.

«Wie immer man auch urteilt…»

Natürlich muß man diesen Mund küssen. Wahrscheinlich weiß das jede Frau, die ihn sieht.

Vielleicht ist seine Mutter längst tot, vielleicht ist er glücklichst verheiratet, vielleicht hat er grad eine Frau kennengelernt, die er glühend liebt, weil er zu denen gehört, die erst mit ungefähr fünfundvierzig Jahren die Leidenschaft entdecken.

Vielleicht könnte ich diese Frau in seinem Leben sein. Dann würde er mich immer beraten.

Vielleicht gibt es das, daß einer zehn Krawatten hat und mit jeder zufrieden, daß einer sagt: «Werden Sie meine Frau, darf ich Sie auf Händen tragen.»

Vielleicht gibt es irgendwo einen Mann auf der Welt, der genau so ist, wie man ihn sich erträumt.

Wenn noch eine so ist wie ich, mit vierzig, daß sie hofft und denkt und phantasiert wie eine Vierzehnjährige, dann muß doch auch irgendwo einer sein, der mit fünfundvierzig noch genau das will, was er als Jüngling wollte.

Ich bin anständig, ich sage es Ihnen.

«Ich bin immer anständig gewesen», sage ich.
«Naja», lächelt er, «wissen Sie, das soll man nicht: denken, daß man anständig ist, und daher werden auch die anderen immer nur anständig sein. Sie müssen einfach, wenn Sie jemandem Geld leihen, eine Unterschrift verlangen.»
«Aber wenn es ein Freund ist.»
«Auch bei Freunden.»
«Einen Freund kränkt man doch, wenn man sagt: Unterschreib mir das.»
«So haben Sie mit einer hohen Summe bezahlt.»
«Und wenn er es mir vielleicht doch noch zurückgibt? Könnten Sie nicht einen Brief schreiben, in dem Sie ihn dazu auffordern, er soll – ich weiß nicht –, wie macht man so etwas freundschaftlich?»
«Natürlich kann ich einen Brief schreiben. Sagen Sie mir Ihre Adresse.»
«Meine?»
«Naja, ich werde jetzt einmal Ihren Namen notieren – wie war Ihr Vorname?»
Ich spreche meinen Namen aus. Dazu den Familiennamen und mein Geburtsdatum. Dann erwähne ich, daß ich früher anders geheißen habe. Vor meiner Scheidung.
«Heirat, meinen Sie.»
«Nein, vor der Scheidung. Ich meine, ich habe nach meiner Scheidung den Namen noch getragen, dann habe ich ihn amtlich ändern lassen – ja, Sie haben recht, vor meiner Heirat. Da habe ich anders geheißen.»
«Und wie?»
Er schreibt meinen Namen auf, und ich sehe, daß er jetzt überflüssige Arbeit leistet. Ich weiß genau, daß ein normaler Rechtsanwalt, oder ein Anwalt in normalem Zustand, jetzt die Vorzimmerdame, die zugleich Telefonistin und Sekretärin ist, hereinrufen würde, und im Stenogramm könnte alles rasch erledigt werden.
Aber er schreibt meinen Vornamen. Meinen Nachnamen.

Dann die Adresse. Und das alles auf großem Papier, das er vor sich liegen hat, auf einer Lederunterlage, und dabei braucht er ziemlich lange. Ich bewundere seine gewölbte Stirn und den intelligenten Ausdruck der Brauen. Ich verliebe mich in sein Haar, das ein wenig ergraut ist, und ich weiß, daß ich diese grauen Haare sehr gern streicheln würde.
«Es ist, als ob man –», sagt er.
Ich verstehe nicht. Vielleicht höre ich heute schlecht. Es gibt Tage, da bestehe ich aus Augen. Ich höre Geräusche, aber irgendwie verschließe ich mich. Und beim Anblick dieses Mannes habe ich gewußt, daß es nicht nur um eine Rechtsfrage geht. Nicht um den Betrug, sondern ich will einfach –
«Man will nicht die Dumme sein», sage ich.
«Ja, sicher nicht», antwortet er. «Ich weiß nicht, haben Sie schon gegessen? Es wird jetzt zwölf, und falls Sie noch nicht beim Mittagessen waren, könnte ich Ihnen ein Restaurant zeigen, in dem man sehr ruhig sitzt. Wir können dann Ihren Fall, der sicher gelöst werden muß, besprechen.»
«Ich bitte.»
Wir gehen aus den noblen Räumen, und das Parkett behält sicher Spuren von unseren Schuhen. Es hat so geglänzt. Wenn aber zwei Stiefel wie die meinen da drübertreten, dann wird er sich, wenn er zurückkommt vom Mittagessen, vielleicht erinnern.
Er wird die Spur absuchen und zur Vorzimmerdame sagen, die Bedienerin soll, wenn sie morgen kommt, da eigens drüberpolieren.
Aber so ein Mann ist er vielleicht nicht. Sondern er führt mich zum Lift, ich weiß nicht, wer zuerst – eine Dame, ein Herr? Wer muß einen Lift betreten, von dem man nicht weiß, ob er durch einen winzigen, unsichtbaren Defekt plötzlich hinuntersaust? Doch der Herr! Damit er die Standfestigkeit der Technik erprobt. So daß dann der Herr, wenn er sich zu Tode gestürzt hat, aus Höflichkeit von unten heraufrufen kann: Seien Sie vorsichtig, benützen Sie die Stiege. Dann nennt er mir noch einen

guten Anwalt, der meinen Fall übernehmen und zu einem Ende bringen wird.
Aber er läßt mir den Vortritt.
Mir wird, als wir hinabgleiten, ein wenig schwindlig, und ich muß mich an die Spiegelverzierung lehnen. Wo sind die Frauen, die ohnmächtig werden und in die Arme eines Retters sinken, bevor noch irgendein Spiel überhaupt begonnen hat?
Wenn man älter wird, nimmt das Flirten eine schwierige Kurve. Was auch immer man weiß, der andere weiß es auch. Man muß so tun, als denke man an nichts. Und das, woran man denkt, ist genau das, woran auch der andere jetzt denkt, denn irgendwie spürt er ja, daß gewisse Wege geistig in keiner Weise beschritten werden sollen. Oder *noch* nicht. Und dann blickt man einander an, und sofort spricht man über etwas, was abseits liegt, und möglichst gleichzeitig entfährt jedem ein unverfängliches Wort, und dann erst ist die Peinlichkeit da. Denn der andere hat natürlich genau gewußt, daß dieser eine Gedanke sofort aus dem Raum, was sage ich, aus dem Lift, gewischt werden müßte. Hoffentlich bleibt der Lift jetzt stecken. Hoffentlich ergibt sich ein Kurzschluß im ganzen Haus. Und das Licht weg. Und die Dunkelheit. Und vier Stunden im Lift.
Ohne Hilfe. Ohne Rettung.
Dann sind wir unten. Es war nur eine halbe Minute, oder vielleicht sind es nur zehn Sekunden gewesen, aber in diesen paar Sekunden hat sich alles eigentlich schon abgespielt in meinem Kopf. Und ich weiß nicht, warum ich jetzt rot geworden bin.
Er tut, als sehe er es nicht. Er schreitet voraus. Er macht halt und bewahrt einen Türflügel davor, mich ins Gesicht zu treffen.
«So, und wir gehen jetzt rechts, dann geradeaus. Dann stoßen wir direkt an.»
Wir sind schon im Lokal, ich habe bis vierundachtzig gezählt, innerlich langsam, um mich nicht zu verraten. Schade, daß ich nicht ein paar Bekannte getroffen habe, dann wäre ich nämlich auf einen zugestürzt, hätte ihn umarmt, ihn abgeküßt, ihn herzlich warm und aufrichtig gefragt, wie es ihm geht, und alle Zärt-

lichkeit, die sich in mir zusammenballt, hätte ich an ihm ausgetobt.
Aber nur Fremde.
Unter Fremden sitzen wir im Lokal, und die Lachfältchen kommen mir bereits bekannt vor, so als ob er immer mein Anwalt gewesen wäre.
«Sie hätten halt früher kommen müssen», sagt er. «Alles, was Sie mir erzählen, ist ein eindeutiger Beweis dafür, daß Sie viel zu vertrauensselig sind. Schauen Sie, wenn mich ein Freund besucht und sagt, ich soll ihm eine hohe Summe leihen, dann schenke ich ihm einen Betrag und bitte ihn, zu einer Bank zu gehen. Das mag Ihnen nicht sympathisch sein, aber ich bin eben Jurist.»
«Geld soll man aber doch nicht herschenken.»
«Einem Freund, warum nicht?»
«Geld ist doch –»
«Naja, mit Geld kann man alles machen. Je größer die Summe, um so bedenklicher natürlich. Das ist wie mit –»
«Ja?»
«Naja, ich vergleiche das gerne mit der Gesundheit. Gesundheit ist gewiß ein großes Gut. Aber es gibt Menschen, die sind dankbar für ihre Krankheiten. Und manche haben Schulden und sind darüber froh, denn Schulden helfen sparen. Es ist doch im Leben alles so individuell, daß man Werte gar nicht eindeutig schätzen kann. Was dem einen sein Berg, ist dem anderen seine Ebene. Oder wie denken Sie da?»
Er fragt noch etwas, aber ich verstehe gar nichts mehr.
«Gefällt Ihnen dieses Restaurant?»
Ja, ja, ja.
Ich denke: Ja, und wie. Nur. Wie sitze ich da. Wie lange dauert so ein Essen. Dann gehe ich, und du gehst auch, in die andere Richtung. Ich werde mich doch nicht verliebt haben, ich alte Kuh.
«Weil ich ja doch schon wissen müßte, in meinem Alter –»
«Es ist eine Charaktersache. Ihr Charakter ist eben so, und Sie sollten sich deswegen keine grauen Haare wachsen lassen.»

Um Gottes willen. War ich beim Friseur?
«Ich meine, man kann darüber nachdenken, ob man sich nicht doch, auch wenn man keine Zwanzigjährige mehr ist, ändern könnte. Aber deshalb zerknirscht herumzulaufen?»
«Sie sprechen wie ein Therapeut.»
«Das sind wir ja auch, wenn wir unseren Beruf recht verstehen. Ich möchte Ihnen helfen, damit Sie zu Ihrem – wieviel Geld, sagen Sie, haben Sie schon Leuten geliehen, insgesamt, ohne Quittung?»
Ich nenne noch einmal die Summe.
«Davon hätten Sie sich ein kleines Haus kaufen können.»

5

Man schläft nicht mit einem verheirateten Mann. Ich bin eine miese Figur. Er sagt, er wohnt in einem kleinen Haus. Seine Frau wartet nicht, die Zeit ist vorbei. Stinknormale Ehe, hat er gesagt. Und einmal, zu etwas, was ich sagte: Pardon, das ist Unsinn. Weiß nicht, was es war. Vielleicht zuviel Selbstkritik, zu viele Zweifel. Der hat das vielleicht nur gut gemeint, dann auch meine Hände gehalten, widerstrebend zuerst, aber dann doch, und nachher habe ich ihn gefragt: Gehen wir hinüber? Dort, wo das Bett stand. Nun kann ich in diesem Bett nicht mehr liegen. Der Körper tut weh vor Sehnsucht nach Fortsetzung. Immer sollte es dauern, ewig währen, dieses Gefühl von Sicherheit. Da ist einer, der ist für dich.

Und er ist ja gar nicht gegen mich. Nur gibt es berufliche Dinge und private, die ihn von mir abhalten. Er wird irgendwann einmal anrufen. Vielleicht öfter, als ihm lieb ist, an mich denken. Aber was habe ich von Gedanken, die sich mir nicht übertragen. Ich stelle mir vor, wie er jetzt arbeitet, müde, nach der Nacht. Daß er Kundschaften hat. Telefonate. Die Sekretärin. Immer haben solche Männer Sekretärinnen sitzen in ihrem Vorzimmer.

Er hat, als er ging, nicht die Telefonnummer hiergelassen, mit der ich ihn direkt am Arbeitsplatz erreichen könnte. Das Buch, von dem ich sagte, er könne es lesen, solle es mitnehmen, hat er auf dem Sofa vergessen. Baden mußte er nachher. Duschen. Ein Handtuch brauchte er. Dann noch ein halbes Bier und eine Zigarette. Wieder die Hände. Ich weiß jetzt, was du brauchst, sagte er. Er hat mich nicht gefragt nach meiner Adresse auf dem Land, falls ich aufs Land fahre. Auch hat er nicht gesagt, daß er anrufen wird und wann.

Ich bin keine miese Figur, ich habe mit ihm schlafen wollen, es sollte für meinen Körper sein, für seinen auch, er küßte mir die Stirn, die Augen, den Mund, die Nasenspitze. Deine Wange, sagte er ein paarmal.
Manchmal entdeckt ein Mann etwas, was vor ihm noch keiner entdeckt hat. Daß ich weich bin, hörte ich wieder. Und: Du liegst so schön da.
Liegst so schön da, Weib, Weib, Weib.
Ich registrierte. Hoffend auf andere Worte. Mir wäre aber lieber gewesen, er hätte nichts geredet. Die Lippen, die Zunge, es stimmte alles. Betrunken waren wir beide, ich hatte Mut gebraucht und Aufsässigkeit, er wäre wahrscheinlich früher schon gegangen, wenn ich früher aufgestanden wäre. Aber ich wollte, daß er blieb. Mit ihm die Nacht dort im Bett verbringen, dachte ich, während ich mich bemühte, beim Reden voll Geist zu bleiben. Schlafen Sie doch mit mir, ich brauche es so. Das wagte ich nicht. Vorsichtige Annäherung, ob er meine Hand vielleicht wärmt. Dann die Unterarme. Diese Hände, seine, Hände eines Mannes mit Gefühl, wie er die Finger nach meinen Unterarmen ausstreckte. Verheiratet oder nicht, das gute Gefühl, auf einmal, ich möchte ihn spüren, ganz aber, nicht aufgeregt zurückbleiben, wenn er geht, mit einem: Was wäre gewesen, wenn.
Dann, im Bett: Er lebt, er lebt, er ist ein noch sehr warmer, lebender, atmender Körper. Manchmal schaute ich sein Gesicht an, aus Höflichkeit oder aus Neugier, ich weiß nicht. Aber mir taten die Augen weh, ich wollte sie gar nicht öffnen.
Augen verschließen, sowieso, Ohren auch, wenn er sagt, daß er verheiratet ist, Ehe stinknormal, in einem kleinen Haus lebt.
Ich bin keine miese Figur, das fühle ich nur so, sage es mir, weil er es mir sagt durch sein Nichtanrufen. Guten Morgen, bist du ein wenig ausgeschlafen, ich bin müde, du auch, trotzdem, es war schön, wann sehen wir uns wieder, möchtest du, ich habe Sehnsucht, möchte wieder mit dir reden, meinst du nicht, daß sich zwischen uns etwas weiterbahnen könnte.

Aber er hat nicht angerufen. Vielleicht hat er. Ich ging fort, für ein paar Stunden. Auf der Straße glaubte ich, ihn ein paarmal zu sehen.

Du wirst vierzig, sage ich mir, du spürst von allen Lieben, die noch kommen könnten, eventuell, gleich dazu die Verletzungen, Erinnerungen an früher.

Vielleicht denkt er an mich. Vielleicht will er nicht anrufen, weil er nicht weiß, was er sagen soll. Dich betrüge ich, sagte ich entschlossen, als er sich angezogen hatte (nach dem Duschen), dich werde ich betrügen, habe ich mir während der ganzen Zeit gedacht.

Dich betrüge ich, das sollte heißen: Wiege dich nicht in Sicherheit in deinem kleinen Haus, daß du irgendwo noch eine hast, die du manchmal, nur manchmal.

6

Der Geruch des fremden Mannes war noch im Polster. Er störte sie beim Atmen. Sie wünschte sich zurück in den Schlaf, in den Traum. Was hatte der Geliebte von ihr gewollt? Er lag eingerollt, abgekehrt. Was für ein Zeichen war von ihm gekommen? Er erwartete, daß sie ihn wieder besuchte.
«Am Donnerstag. Komm am Donnerstag.»
Er sprach es nicht einmal so genau aus. Aber «Donnerstag», dieses Wort merkte sie sich. Er schützte dann auch irgend etwas vor. Arbeit. Er habe zuviel zu tun, er sei sehr müde. Aber sie solle in seiner Nähe sein. «Ich muß dein Gesicht nicht sehen. Ich möchte dich nur um mich haben», sagte er einmal, in der Wirklichkeit. Aber vielleicht war für ihn die Wirklichkeit auch nur Traum.
Jetzt hatte sie mit einem anderen geschlafen.
Sie träumte etwas von einem Tisch und einem Kind und einer jungen Frau, der Geliebten ihres Geliebten. Die junge Frau war ziemlich kräftig und groß, hatte volle Brüste und langes, schwarzes Haar. Sie würde immer dasein. Aber der Geliebte war traurig. Wann immer sie von ihm fortging, schaute er sie traurig, beinah trauernd an. Er hielt sie nicht mit Worten zurück, aber sein Blick, sein Blick. Und wie er sich einrollte auf dem Bett, das sehr schmal war.
Sie wollte ihm einen Mantel aus ihren Händen geben. Oft redete sie mit sich selbst, damit sie einschlafen konnte.
Wie lächerlich, ein kurzsichtiger Mann. Der Polster roch nach ihm.
«Warum hast du mit mir geschlafen?» fragte er. «Wenn du mich nicht gern hast?»
Seine Haare waren borstig, beinah borstige Widerwillenshaare

hatte der fremde Mensch auf den Beinen. Der kühle Schweiß, der auf sie herabgefallen war.
«Du bist nicht mehr die Frau, die ich kenne», sagte er nach einer Weile. «Ich sehe ein schmales Gesicht, dunkles Haar und einen Mund, der groß ist, wenn er lacht.»
Sie blieb ruhig. Es war sehr anstrengend. Man holt sich eben nicht einen Fremden ins Bett, nur weil Valentinstag ist. Der Mann tat ihr auf einmal so leid, daß sie ihn am liebsten geheiratet hätte.

Eine ruhige Frau, die junge, mit ruhigen, festen Bewegungen um ihr Kind herum. Die Geliebte des Geliebten war dem Mann eine verläßliche Gegenwart: das, was sie selbst ihm hätte sein wollen. Sie träumte wieder. Männer schleppten Möbel aus einem Keller auf die Straße hinaus. Sie waren grob. Von einem solchen Mann dann verlangen, daß er am Abend zu seiner Frau zärtlich ist, dachte sie und wachte davon auf. Noch immer roch der Polster nach etwas, was nicht hätte sein dürfen.
Die Bedienerin kam. Sie hörte zuerst den Schlüssel in der Tür, dann das Klinken des Schlosses, dann die Schritte und ein lautes, seufzendes Ausatmen. Die Bedienerin ging gleich in die Küche, obwohl dort noch nichts fertig war. Eine Einbauküche, so etwas Dummes, wie waren sie auf die Idee gekommen, daß eine moderne Küche hermußte? Im Wohnzimmer stand jetzt der alte Küchentisch, voll mit Lebensmitteln und den Sachen, die man zum Kaffeekochen brauchte. Kindheit in den Zimmern alter Leute, so kam ihr das vor. Sie blieb liegen, bevor sie dann also doch wieder aufstand, obwohl ihr nicht mehr danach war.
«Wie im Krieg», sagte die Bedienerin. «Wie in der Nachkriegszeit. Guten Morgen! Haben Sie gestern Besuch gehabt? Ein Schal hängt im Vorzimmer!»
Die Lebensmittel waren in einer Lade der Kommode. Als die Bedienerin den Zucker suchte, fand sie ihn gleich.
«Man würde eigentlich nur so eine Lade brauchen. Das ist gemütlich und behaglich.»

Der fremde Mann war nackt neben ihr gelegen. Sein gekräuseltes Haar schimmerte im Dunkeln. Seine Nase kam ihr spitz vor. Er fragte so viel. Ihr war, als litt er. Aber *sie* hatte doch zu leiden! Für *sie* war die Liebe eine Wunde, die sie sich schlagen ließ. *Ihr* mußte es weh tun, nicht einem anderen. *Sie* küßte den Männern die Fußsohlen, nicht der Fremde sollte jetzt ihre Zehen mit den Lippen streicheln. Er fragte, ob sie für ihn Sympathie empfinde. Dann sagte er: «Du warnst mich so sehr vor dir.» Ja, sie warne ihn aus Freundschaft. Sie empfinde für ihn beinah so etwas. Sie wollte die Stärkere sein, die Überlegene. Auch wenn sie sich zum Schein unterwarf. Im Leidenkönnen liege ihre Kraft. Er lachte ein bißchen, aber er streichelte nun ihre Zehen mit Händen und Lippen zugleich.

«Haben Sie sich schon wieder neue Stiefel gekauft?» fragte die Bedienerin mit vollem Mund. Sie verschlang in der Früh gleich zwei Buttersemmeln mit Honig.

Dann wurde sie kühn. Wenn du mir ein Märchen erzählst, sagte sie zu dem Fremden, dann könnte ich mich vielleicht in dich verlieben. Er sagte, das könne er sogar sehr gut. Er habe einmal Schauspieler werden wollen, er habe sogar die Prüfung bei der Bühnengewerkschaft abgelegt. Welches Märchen sie hören wolle, er kenne fast alle, er habe früher im Radio gesprochen, er lese gern vor, er erzähle gern.
Ein anstrengender Mann, der so vieles anbietet. Sie wurde still. Immer stiller. Aber wohl fühlte sie sich. Sie wollte einfach nur schweigen und hoffen, daß weiterhin Worte in ihr Ohr kamen. Nicht gebannt lag sie, wie beim Geliebten, wenn er manchmal – endlich – etwas sagte, sondern angenehm ruhig. Da wollte der Fremde sie in den Arm nehmen. Sie wehrte sich, unglücklich darüber, daß sie sich wehrte. Es war, als wachse er an ihr an. Ein sehr unglückseliges, krankes Gefühl. Sie wußte das. Aber daß sie es wußte, half ihr nicht, gesünder zu werden. Sie wollte

sich in einem Bett bewegen können, ohne das Gewicht zu spüren, das an ihr hing: Frau.

«Heute ist ja schönes Wetter, eigentlich!» Die Bedienerin hatte zwei erwachsene Kinder.

Der Fremde näherte sich ihrer Wange mit der Hand. Er streichelte sie vorsichtig. Pack mich, vernichte mich, dachte sie und mußte lachen und weinen über diese dummen, banalen Wünsche. Diese vielen Bücher über Frauenphantasien. Vielleicht ahmte sie nur nach, was sie gelesen hatte. Vorschriften, nichts als Vorschriften waren manche Bücher. Aber streichle mir nicht die Haut vom Leib!
Er fuhr zusammen. Sie hatte das laut gesagt. Dann spielte er mit dem Zeigefinger an ihrem Hals, legte ihr eine Haarsträhne über die Lippe, schaute sie an, kurzsichtig, tastete im Dunkeln nach seiner Brille, bat sie, jetzt nicht zu lachen, er sei kurzsichtig, ja, aber sehr sehend mit seinem inneren Auge, er wisse viel. Er hielt ihr Gesicht in den Händen. «Schau mich an.» Sie sah nichts. Es war ja dunkel.

«Irgendwann werden wir aus dieser Finsternis herauskommen», sagte sie. Aber es war schon Tag.
Die Bedienerin fragte: «Haben Sie noch immer Besuch von dem Verheirateten?»

7

«Aspirin ist schlecht für die Erinnerung», sagte er.

Sie schaute ihn zögernd an. Eigentlich mußte sie zu ihm hinaufschauen, denn er war groß.

«Das Aspirin, das ist ganz schlecht für das Erinnern. Ganz, ganz schlecht. Wenn Sie verkühlt sind, sollten Sie kein Aspirin nehmen», sagte er.

Sie fühlte sich geborgen und sehr wohl. Sie wußte, von diesem Mann würde etwas ganz Besonderes kommen. Sie hatte es bereits gespürt, bevor sie ihn sah. Irgendwie war sie mit dem Rükken zu ihm gestanden, dann hatte sie sich umgedreht, und auf einmal er.

Er stand da, groß, mächtig, freundlich. Mit blondem Haar, ein wenig ergraut schon und glatt zurückgekämmt. Eine hohe Stirn. Nicht ganz schlank, aber auch nicht fettleibig. Er lächelte zu ihr herunter. Sie kam sich auf einmal sehr zart und ganz klein vor. Das war ein angenehmes Gefühl. In seinem Lächeln lag etwas Versöhnliches. Sie war mit dem Mann nicht zerstritten gewesen, kannte ihn nicht, zuckte zusammen, als er seinen Namen aussprach, hatte aber von ihm gehört.

Die breiten Lippen paßten zu dem breit lächelnden Gesicht. Ihr gefiel der Mann so gut, daß sie rasch weg wollte. Sie entschuldigte sich, lächelte, wußte, daß sie charmant war, es blühte nämlich natürlicher Charme in ihr, sobald ihr ein Mensch gefiel. Es konnte auch eine Frau sein. Sie zwängte sich weg, drängte sich fort, plauderte mit jemand anderem, hoffte, daß er an sie dachte, es war eine größere Gesellschaft. Sie wollte ihm eine Denkpause geben. Nun hatten sie einander kennengelernt, genauer: waren einander begegnet. Er hatte einen ersten Eindruck gewonnen von ihr, sie einen von ihm. Nun war es

doch wichtig, daß beide sich von dem Eindruck, den sie aufeinander gemacht hatten, erholten. Ein wenig wenigstens.
Sie war wieder verliebt. Jubelte es. Juchzte es in ihr. Ich bin verliebt. Endlich wieder.
Die Tage sind so lang gewesen in all den Monaten, in denen sie sich nicht mehr als Frau gespürt hat. Und sie ist froh.
Jetzt plaudert sie gerade angestrengt und besonders nett, dabei aber innerlich leichtfüßig mit einem Herrn, der alt ist, rotgesichtig, o sehr, sehr uralt. Dann nähert sie sich wieder der Gruppe, an der sie vorher vorbeigegangen ist. Sie weiß gar nicht, wie sie das an die holzgetäfelten Wände schreien soll: Hallo! Ich liebe! Später, nach ungefähr einer halben Stunde, die rasch wie ein Sekündchen in dem Hochgefühl vergangen war, näherte er sich ihr selbstverständlich, tauschte ein paar sehr kluge und wichtige Worte mit ihr, ernsthafte, in einer dramatischen und politisch bedeutsamen Angelegenheit. Er ging ihr ziemlich auf die Nerven. Sie wußte doch bereits, daß er sie liebte. Warum hämmerte er auf ihr Hirn ein. Sie zeigte demonstrativ, daß die Zigarette in ihrer Hand zu Ende war. Der Aschenturm stand hoch. Sie hielt die Zigarette korrekt aufrecht, damit kein Stäubchen auf den Parkettboden fiel. Warum nahm er ihr nicht endlich die Zigarette aus der Hand?
Aber er schaute in ihr Gesicht. Er redete und redete. Schräg stand er vor ihr, leicht gestikulierend. Seine Arme waren lang. Natürlich, ein großer Mann brauchte lange Gliedmaßen. Beziehungsweise war er eben wegen der langen Gliedmaßen groß.
Als er ihr später schrieb, es seien ihre Hände gewesen, die ihm gefallen hätten, «Hände können nicht lügen» schrieb er und «ich mag Ihre Hände», liebte sie ihn ganz tief. Aber sie hatte erfahren, daß er verheiratet war, und so trafen sie einander nie, obwohl sie manchmal telefonierten, und er schrieb ihr, sie antwortete hin und wieder, es war eine lange Liebe, auf Aussicht, einander einmal zu treffen, irgend so eine Liebe ist es halt gewesen. Und dann, eines Tages, rief seine Frau an.

«Mein Mann ist gestorben», sagte sie. Das war nur wenige Monate nach dem ersten und letzten Begegnen gewesen.
«War der Herr groß?» fragte ein Beamter im Institut, dort, wo man Särge bestellt.
«Ja! Sehr!» platzte sie heraus, und die Witwe neben ihr schwieg.
Sie half seiner Witwe den Mann begraben. Sie half ihm ein wenig, die Gattin über den Verlust zu trösten. «Er war in dich verliebt», sagte die Frau. «Oh, ja! Ich weiß es!»
Die Witwe putzte ihre vom vielen Weinen und Aufsetzen und Abnehmen schon ein wenig verschmierte dunkle Brille.

8

Mein Ich. Mein Ich. Wo ist mein zweites Ich?
Es liest Gedichte. Es amüsiert sich über sich selbst, über mich.
Wie kommt es dazu, sich über mich lustig zu machen, mein zweites Ich?
Wie kamen die Sterne dazu, hier stillzustehen?

Kehlig die Stimme. Kaum hörbar, der kleine Akzent.
Sein Freund behauptet, er habe keinen. Er höre das nicht. Aber ich schon. Ich war schon einmal verliebt in so einen, der aus demselben Land kam.
Ja, und jetzt wirft er ein Wort ganz tief hinunter. Läßt es einfach fallen. Das Wort «Erde». Ganz lässig fällt es herab von einer Zeile. Damit es nur ja nicht dramatisch wird. Oder gar schwülstig.
Er paßt gut auf.
Und dann sagt er eine ganze Zeile noch einmal. Und einiges dazu.
Ich lausche.
Das ist so – ja, du hast eine angenehme Stimme. Die müßtest du einmal hören. Und deine leicht verschnupfte Nase. Behutsam, wie du Gedichte liest. Vorsicht, um keine Zeile zu zerstören. Was für ein sanftes Wesen. Diszipliniert in der Metrik. Ein wirklich angenehmes Wesen bist du. Und ein bißchen müde. So, wie du mir geschrieben hast. Daß du vor dich hin hockst. Daß du müde bist. Daß du faul bist. Daß du aber viel arbeitest. Und übermütig, wie du jetzt auf einmal etwas erzählst. Du machst mir Spaß. Wie du fragst. Wie du antwortest. Wie du etwas dazwischenwirfst. Ein Seufzer. Ein kleines «Ach». Und

wie ich das alles mißverstehe, vielleicht. Weil du mich gar nicht meinst und dich nicht für mich erfunden hast. Traurig-besinnliche Weihnachten wünschst du mir. Wie ich deine Stimme höre, die einsame, in die Nacht hinaus. So feierlich, wenn es feierlich wird. Ach, und immer so diszipliniert in der Metrik. Wenn du verstehst, was ich damit sagen will. Die Ehrfurcht vor dem Wort eines Fremden.

Daß du Gott bist. Ja. Es ist immer noch besser, einen anderen für einen Gott zu halten als sich selbst. Ich fürchte, du bist ein ganz, ganz großes Kind. Weder Mann noch Frau. Engel mit echtem Blut. Du bist einsam. Ein Schwärmer. Ein sehr schöner Mensch mit unberührbarem Mund. Gigantischer Internatsknabe. Aber ich kann lieben und die Schmerzen der Nerven ertragen, noch bevor *eine Hand* mich *erweckt*.

Ich gehe gern in Hurenkleidern, ich sage es dir, wie es ist. Mein Körper ist mir zu schade dafür, daß ich ihn verkaufe. So wie die Bilder, die ich male und verschenke. Gern würde ich in Hurenkleidern den Erdball umkreisen, überall sichtbar für jeden Mann der Welt, denn ich habe mit keinem mehr Mitleid.

Und eine Stunde lang sollen sie alle, ohne Erbarmen, auch die Schuldlosen, leiden.

Was für Bestien hat mein Bett schon beherbergt. Sie haben ihre Lust gehabt, die einen mehr, die anderen weniger, und ich bin dann gelegen, schlechter als allein.

Kennst du das heilige Gebot: Du sollst deine Frau befriedigen oder die Finger von ihr lassen.

Ich habe mich vor allen gefürchtet und die Liebe nicht gespürt, außer mit einem, der schwach war wie ich.

Die neuen Verbrecher sind schon da. Man lacht nicht nur, man fürchtet sie auch schon, so wie die alten. Man traut sich nicht zu sagen, daß man sie fürchtet, denn das würde sie so stark machen, wie sie sind. Ich habe für dich und mich nur einen Gedanken: dieses Land verlassen und den Lebensabend so bald wie möglich auf einem anderen Kontinent beginnen. Es ist noch schöne, helle Dämmerung. Auch birgt die Nacht unsagbare Geschenke. Nüchtern gesprochen: Vorteile für dich und mich. Daß ich einmal meine Hand auf deine Stirn legen möchte, habe ich es dir gesagt?

Die werden uns doch nicht alle umbringen, die von drüben, jenseits des Wassers?
Die werden doch am nördlichen Zipfel ihres Kontinents ihren kleinen Streit, ihre kleine Meinungsverschiedenheit über die gerechte Verteilung der Güter der Welt austragen.

Halten wir uns also möglichst fern von Alaska. Ich schreibe mit Blut.

Liebe Rosa. Solange du darüber nachdenkst, daß es nicht leicht ist, deinen Mann zu lieben, möchte ich mir erlauben, diesen Teil ehelicher Pflicht an deiner Statt zu erfüllen. Da richtig ist, was du vermutest: Es gibt sie, die Liebe. Und da du, weil du mir geschrieben hast, falls es die Liebe gäbe, wenn es die Liebe gibt, ihn liebst, am Vorhandensein des Dings, genannt Liebe, zu zweifeln scheinst, bitte ich dich, den Ort der Liebe einstweilen bei mir zu vermuten und sie somit als solche in allen ihren Äußerungen als gegeben zu sehen.

Die Nächte sind schwer, das Morgengrauen noch dicht und schwarz. Jeder Atem ist so schwer, in der Nacht, des Morgens, wenn er anhebt, der Tag. Als wäre er furchtbar schwer, so hebt er sich. Als trüge er eine ziehende Last, so dunkel zieht sich sein Atem hinaus. Das Eis schmilzt von den Dächern, der Schnee rinnt fort, und die Hand, die dieses schreibt, möchte die deine werden, auf daß sie, was deine beiden Hände zu zweit nicht erlangen, zu dritt und zu viert tun. Meine linke Hand behalte ich aber doch lieber fürs Türaufmachen, Rollwagenschieben, falls du achtzig Jahre alt werden solltest und jemals ein solches

Gestell brauchen, was ich dir aber so wenig wünsche wie mir selbst, falls ich jemals für dich eine Behinderung sein sollte.

Lieber Sorgenbeladener, Bekümmerter, möge dein Schmerz stets auch meiner bleiben, und möge derselbe Mond so wie seit unseren Geburten über uns leuchten, dies wünscht dir deine Frau Elisa.
Denn ich bin ja kein Mann.

Und was er für ein Mensch ist. In aller Stille reißt er eine Mauer nieder. Die von Unverständnis, Verlogenheit, Falschheit und Betrug. Er führt den, der ihm zuhört und ihm zuschaut, zu einem Licht. Zu dem, das hinter dem Licht ist, hinter das die meisten geführt werden, damit sie nicht sehen. Er bringt die kleine, andere Lampe. Die des Gewissens. Still leuchtet sie, still reißt er eine Mauer nieder.

Die finsteren Monate. Jänner bis März und weiter dahin. Dann pflegte ich eine sterbenskranke Frau. Es waren gute Tage und gute Nächte. Irgendwo aufbewahrt alle Erinnerung. Dann opferte ich mich wieder einmal dem Fernsehbildschirm als Fernsehfutter. Die Kamera war auf mich gerichtet, ein besonderes Licht leuchtete, und meine Worte wurden zerschnitten, mein Gesicht zerteilt, und ich hatte einmal so schön gelächelt, mit einem brennenden Streichholz in der Hand. Man sah nur meine Hand und das mit kleiner Flamme beladene Hölzchen. Aus meiner Stimme hörte man das wahre Lächeln. Aber sie schnitten diese Schönheit und Wahrheit ganz heraus und warfen das einzig Gute fort.

Und du, der du mir keinen Brief mehr schreiben magst, nachdem du mir deine Sprödigkeit gestanden hast, erlaube mir ein paar Zeilen an dich, die ich alsbald hier beende, da du in meinem Herzen lebst und ich keinen reumütigen Briefschuldner beherbergen möchte. So soll die Heiterkeit deiner lichten Stunden stets auch mich erhellen und der Gram, von dem du mir berichtet hast, in der Hitze allen Glücks mir ein fruchtbarer Schatten sein.

Deine Frau hat meine Briefe aufgemacht und gelesen. Du hast das Briefeschreiben so sehr gelobt in ihrer und meiner Gegenwart, daß sie mißtrauisch wurde. Jetzt fragt sie mich, ob ich die Briefe für mich behalten möchte oder sie dir geben. Sie sagt, daß sie alles mir überläßt. Aber ich möchte dir etwas, was entweiht ist, nicht geben. Auch deine Briefe habe ich dem Feuergott geopfert, und du siehst, wie er antwortet.

Mit der Tinte habe ich herumgepatzt auf meinem Papier, und auf einmal war es Blut, was ich verspritzte. Fingerblut, denn das Herzblut ist ja schon getrunken worden von einem anderen.

«Ja, bitte?»
Jetzt hast du endlich angerufen, und deine Stimme war so sanft wie am ersten Tag. Du hast so leise gefragt, und ich habe flüstern dürfen, und du hast zurückgeflüstert, daß dein Telefon nicht immer so ruhig ist und daß du mich am Abend noch einmal anrufen wirst, und ich mußte dir leider sagen, daß ich um acht schon schlafe, weil ich der Nachtgeist bin, der sich selber weckt um vier Uhr früh allerspätestens. Du hast gelacht. Das war ein Gottesbeweis.

Du liebst nur Männer. Oh. Ich werde also ab der Sekunde, in der du dir dieses herausgepreßt hast, dein Freund sein. Du ahnst nicht, was für Flügel die Liebe einer Frau hat, die schon als Mädchen immer Knabe sein mußte für den, den sie verehrte: ihren Vater, der sich einen Sohn wünschte. Sie trieb es weit. Und endlich sprach der Vater: «Ich bin stolz auf dich.»

Du hast mich um ein Uhr früh geweckt, Kind, du. Großes Kind. Du hast gefragt, wer ich bin. Ich habe nur gähnen können: Die Summe meiner Erfahrungen. Dann mußte ich den Hörer weglegen, denn ich war mitten in einem Traum von einem Dichter, der eine Frau suchte, und gerade hatte ich ihn getroffen, und wir standen uns gegenüber, da zerschnitt die Klingel des Telefons meine aufregende Vision. Ich legte den Kopf wieder auf den Polster, aber der Dichter hatte sich verzogen. Verzupft, ja. Und es ist schwer, weiterzuschlafen ohne Traum, aufzuschrecken, weil ein Gedanke wie ein Messer wieder einmal alles durchschlägt, was man tagsüber sorgfältig geknüpft hat. Du kennst das Schlaflossein nicht, fürchte ich. Du betäubst alle Schlaflosigkeit mit emsiger Arbeit. Aber ich muß wachen und Gedanken flattern lassen und darf ihnen nur zuschauen wie irr gewordenen Vögeln.

Rosa ist ein Engel, sagt dein Freund über deine Frau. Und ich kann dir von mir nichts mehr erzählen. Auch wenn sie ein Engel ist, der jetzt duldet, wüßte ich nicht, wo anfangen. Ich habe eine Krankheit hinter mir, die heißt «Großstadt». Ich war so dumm, in den vielen Gassen irgendwo hinter einer der Türen das Glück zu suchen. Du hast mir so wunderschöne Briefe geschenkt, mit rosaroter und gelber Marke, und sogar der Stempel hatte eine ganz besondere Zeichnung, mit einem klingenden italienischen Wort drauf, und jetzt findest du, daß ich eine unmögliche Person bin und daß Rosa das auch sagt, und daß sie verspricht, nie wieder einen Brief von mir aufzureißen. Dann hat sie mir gesagt, daß sie noch immer darüber nachdenkt, ob sie dich liebt, daß sie aber den Luxus des Denkens sich gar nicht leisten dürfte, denn ihr habt Schwierigkeiten mit euren Kindern, und du hast behauptet, daß du zwei Kinder hast, Rosa sagt, es seien drei. Ich weiß aber mit Sicherheit, daß es noch ein Kind von dir gibt, denn diese Frau habe ich kennengelernt, und du selbst hast doch einmal zugegeben, daß du von jenem Kind weißt, das inzwischen erwachsen ist und mit einem Mann verheiratet, der älter ist als du. Bonvivant, sagtest du, seist du gewesen. Und darüber kränke ich mich so sehr, daß ich mir wünsche, du mögest anrufen, einfach, damit ich zu dir böse sein kann. Aber so male ich alle Wut in den Himmel, und der zeigt nicht die Spur einer Bewölkung. Die Sonne lacht wirklich. Das ist kein literarisches Klischee. Sie hat es mir selbst gesagt, daß sie nur deshalb in der Literatur so oft lacht, weil es wahr ist. Vom Ferry, der mein Herz ausgetrunken hat, habe ich dir noch nicht erzählt. Dabei verdankst du ihm, daß ich dich liebe. Ferry ist aus demselben Land wie du. Er trägt eine Brille wie du, war einmal Kunstturner, dann wurde er Bühnenkünstler. Und die Geschichte mit Ferry beginnt mit dem Wort Chimäre. Das habe ich von Ferry gelernt. So hat der Ferry gesagt. Daß er zum Max gesagt hat: «Vielleicht ist es nur Chimäre.» Er hat damit gemeint: seine Liebe zu mir und meine zu ihm. Denn der Max war vorher bei mir, und es war nicht einmal Chimäre, nur Not. Dann ist der Ferry bei mir eingezogen und hat bei mir gewohnt. Dann habe ich ihn hinausgeworfen. Nachdem er ein paar Tage und ein paar Nächte nicht gekommen ist. Ich habe immer auf seine Zahnbürste geschaut. Und die Zahnbürste dann in einem Anfall von Verzweiflung neben das Telefon gelegt, aber es hat tagelang und nächtelang nicht geläutet, und Ferrys Freunde waren auch nicht daheim. Alle in Gasthäusern, und meine Kleider konnte ich nicht bügeln, so unglücklich war ich, und im Pyjama wollte ich den Ferry nicht suchen gehen. Auch nicht zerknittert irgendwo auftauchen, eine Tür aufreißen. Ich fühlte mich schon zerknittert genug einfach deshalb, weil ich zweiunddreißig war und Ferry neunundzwanzig. Das Denken an Ferry war dann meine Hauptbeschäftigung, aber als Ergebnis packte ich seine Socken, Hosen, Bleistifte und die zwei rosaroten Parfumfläschchen, die ihm seine Mutter zu Weihnachten geschenkt hatte, dann in einen Plastiksack, und als Ferry endlich kam, überreichte ich ihm sein Gepäck. Er biß mich ins Ohrläppchen, stell dir vor, und dann sah ich ihn jahrelang nicht wieder. Sehr viel später trafen wir uns. Es regnete. Winterregen. Schnee war auch da. Sogar Eis. Aber ich spürte nur, daß es regnete. «Elis», sagte er. Er nannte mich nicht Elisa, sondern immer nur Elis. Das ist schweizerisch. «Elis, der Hut ist mir hinuntergefallen.» Ich drückte Ferrys Kopf noch einmal fest an meinen, schielte zu dem jungen Mann, der neben ihm stand, der also mein Nachfolger war, dann hob ich Ferrys Hut auf und putzte ihn, überreichte ihn ihm wie Jahre vorher den Plastiksack, und seither sind Monate vergangen. Ferry hat mir nicht geschrieben, obwohl er es versprochen hat. Deine Stimme ist wie die von Ferry. So. Jetzt verstehst du ein bißchen mehr. Wenn du Ferry einmal triffst und wenn ihr euch ineinander verliebt, was ich sehr gut nachempfinden könnte, so sprecht meinen Namen aus in der Umarmung.

9

Da gibt es noch so viel anzuschauen. So vieles, was mir nichts getan hat. Der Kasten, die Tische, die Kommode, die Lampe. Das Zimmer mit den Teppichen und den Bildern, die an der Wand gegenüber dem Bett hängen. Dieses gemütliche Zimmer, in dem ich einen Frevel begehen werde.

Ich setze mich auf und rauche eine Zigarette. Noch eine rauche ich, um auf einen Gedanken zu kommen, der mir hilft, stärker zu sitzen. Konzentriert in die Luft zu schauen, irgendwohin, wo der Blick fällt, worauf er hängenbleibt. Ein Bilderrahmen. Eine Ecke nur. Und ich habe einen Gedanken gefunden, der es mir leichtmacht, nun aufzustehen und in die Küche hinüberzugehen durchs Vorhaus, über Stein, über diese vielen Steinplatten, beige und braun, und ich gehe übers Pflaster, das quadratisch aussieht und rhombisch, je nachdem, wie der Blick sich neigt, wie der Fuß sich stellt.

Die Augen der Katzen sind auf mich gerichtet. Ich habe mich in der Küche an den Tisch gesetzt. Ich trinke bereits den heißen Kaffee, rauche meine dritte, vierte, fünfte Zigarette, freue mich, daß ich schreiben darf.

Wenn auch nur das.

Er wollte schreiben. Er sagte: Mir fließt es ja nicht aus dem Handgelenk wie dir.

Sterben. Mir wird wohl, wenn ich das Wort aufschreibe. Niemand stört mich dabei. Sterben dürfen.

Drei Jahre haben wir uns nicht gesehen.

Es ist nicht Schuld des Toten, wenn sein Tod weitergesagt wird.

Ich habe mich gefragt, ob es nicht besser wäre, über die Todesart jeweils zu schweigen und den Menschen zu begraben.
Mit Erde zudecken.
Oft denke ich am Abend, daß es der morgige Tag sein könnte.
Dann überlege ich, und es kann auch der übermorgige sein.
Irgendein nächster Tag.
So schiebe ich es vor mir her. Das ist kein angenehmer Zustand.
Angenehmer aber, als an die Menschen zu denken, derentwegen ich nicht mehr leben möchte.
Nicht mehr leben, das heißt, so, wie ich es verstehe: nichts mehr tun.
Die Welt verlassen. Ihr nichts mehr abgewinnen wollen. Den Glauben der Buddhisten zurückschlagen, der die Wiedergeburt behauptet.
Ich, ein Fragezeichen, in die Welt gesetzt. Gott hat nicht mit einem Rufzeichen, das ich sein sollte, die Erde markiert.
Wozu braucht ihr mich?
Ich will mich für nichts mehr benützen lassen und schließe mich mit ihm, dem Schläfer, ein. Er wird böse, wenn er aufwacht. Gut ist er, wenn er arbeitet. Friedlich, wenn er wieder schlafen darf.
Der Morgen ist so dunkel. Es brauchte kein Tag dazwischenzukommen. Wir könnten nebeneinander schlafen bis in die Nacht der Nächte. Aber dann höre ich: Pflicht. Ein weißes Wort. Schneeweiß und rein. Ich erhebe mich zur Pflicht.
Es war so, daß ich «Pflicht» mehr spürte als mich selbst. Dann starb der Mann. Ich ging viele Male zu seinem Grab.

Sterben, da die Hand eines Mannes mich schlecht berührt seither. Unsichere, unwissende Hand, die mich nicht kennt, mich schlecht erfragt. Er hat mich nicht nur erfragt, er hat mich auch beantwortet. Oft, wenn ich dachte, daß da eine Frage wäre, vielleicht, wie er seine Hand auf meine Schulter legen sollte, waren seine Hände schon da, und ich lag, vertieft in seinen Körper, versunken an seiner Haut, erwachte ich aus meiner.

So durfte es nicht bleiben. Wir mußten arbeiten. Geld verdienen.
Sterben, sagte er. Wenn man sterben dürfte.
Mein Leben, das sind doch die anderen. Und ich will sie nicht mehr, brauche sie nicht mehr. Zu nichts mehr brauche ich sie. Für nichts will ich sie. Will sie nicht mehr. Brauche also mein Leben nicht mehr. Denn ich, ohne die anderen, was wäre ich?
Nichts.

Jemand will den Krieg und sucht einen Anlaß, jemand will den Streit und sucht einen Anlaß, jemand will den Tod und sucht einen Anlaß.

Über den Tod, den jemand für sich wünscht, sprechen die meisten anderen, als wäre er Mord. Und nicht ein Zustand, herbeigeführt.
Sie sagen «Selbstmord», so, wie sie «Ehe» sagen. Als wäre Ehe gleich Ehe.

Nur leben und nur lieben: Ich habe es nicht gewagt. Ich sicherte mich ab, indem ich schrieb. Ich wollte nicht, daß etwas von mir verlorenging.

Schreiben, ein Selbsterhaltungstrieb. Ich bekannte mich selten dazu, daß ich schreibe, um zu leben. Ich tat, als sei es umgekehrt. Ich lebte normal, bis ich sechzehn war. Dann erfand ich mir ein Leben, am Schreibtisch sitzend. Es war kein Luxus, sondern eine Notwendigkeit. Ich rettete durch das Schreiben so etwas wie ein Eigenleben. Mein Leben. Ich erfand Geschichten, die davon handelten, daß ein Mädchen geliebt wurde. Ich schrieb, um zu leben. Anders wäre es mir kaum möglich gewesen, bestimmte Situationen zu ertragen. So aber flüchtete ich ins Beobachten. Von einem innersten Punkt aus beobachtete ich. Wenn etwas schwer zu ertragen war, bekämpfte ich es nicht, sondern merkte es mir. Manchmal artete mein Beobachten aus in den Wunsch: Ich möchte wissen, wie weit sie es treiben.

Ich wollte den Menschen etwas anderes geben als Illusion. Wirklichkeit, in Büchern.

Er kommt nicht zurück. Er ist nicht da, wenn ich die Wohnung aufsperre. Ich setze mich und warte. Ich denke: Irgendwann muß er doch auftauchen. Aber der Mann, den ich im Vorzimmer einen Augenblick lang erhascht habe, war nur eine Sinnestäuschung.

Wenn ich spazierenging, hielt ich nach ihm Ausschau. Manchmal war es, als ginge er mit mir. Dann fühlte ich ihn in mir, hörte in Gedanken seine Stimme.
Er gab Antwort auf alles, was ich ihn dann fragte.
Manches wagte ich nicht zu fragen. So stark glaubte ich an seine Antworten.

Ich wurde ungerecht gegen die Lebenden. Ich dachte: Wozu gibt es sie und ihn nicht.
Manchmal dachte ich, es ist das die Vergeltung für die Kraft, die ich aus dem Alleinsein schöpfte und aus dem Getrenntsein von ihm, wissend, da ist ein Mensch, der dich liebt.

Manchmal bezweifelte ich, daß es ihn jemals gegeben hatte. Dann wollte ich jemanden, der ihn gekannt hat, fragen, ob er sich an ihn erinnerte.

Beim Reden über ihn dachte ich: Warum ist er nicht da. Jetzt müßte er doch dasein. Warum kann ich ihn nicht herbeireden?

Tod, das ist für mich kein nacktes Wort. Tod, das ist für mich: er.

Ich will sterben. Das ist etwas anderes als: Ich will mich umbringen.
Ich will sterben, das ist auch: Ich will nichts mehr geben, will nichts mehr wissen, will mir nichts nehmen als den Tod.
Den Tod nehme ich mir. Nicht das Leben.

Einmal dachte ich, als ich auf Schnee ging und sah, wie verschieden die Schneefläche von der Himmelsfläche zu malen wäre: Sterben wollen, das ist vielleicht: mehr Leben wollen.

Wer sich tötet, tötet sich nicht wegen irgendeiner Person. Auch nicht, um zu irgend jemandem zu gehen. Er will den Tod für sich allein.

Wenn ich sterbe, beweise ich den anderen, daß auch ich gelebt habe.

Ich wünschte mir einen Mann, der so stark war, daß ich stark sein durfte.

Wir suchten das Glück, und wir wollten es finden. Wir schauten uns an und wußten: Hier ist es nicht.

Tod, das ist an manchen Tagen für mich nur eines: Redet nicht mehr, sprecht nicht mehr, sagt nichts mehr.
Seit er fort ist, bin ich in einer Welt ohne ihn.

Wenn ich im Tageslicht stehe und auf die nasse Fensterscheibe schaue: Heute scheint die Sonne.
Gestern war das Glas noch vereist.
Ich hänge auf einmal so sehr an diesem Bewußtsein, das nur ich von der Welt habe. Denn nur ich kann sehen, wie ich sehe. Nur ich kann ihn vermissen, wie ich ihn vermisse.

Ich möchte das Verlieren lernen.

Und du willst ja nicht den Tod. Du willst nur bestimmte Stimmen nicht mehr hören, bestimmte Gesichter nicht mehr sehen.

Darf ich schreiben: Es gibt keinen Gott? Kann ich es beweisen?
Darf ich schreiben: Es gibt einen Gott? Kann ich es beweisen?

Nach dem versuchten Selbstmord leben. Man darf nicht sagen, daß man es nicht gewollt hat. Auch nicht, daß man es nicht gewußt hat. Das wäre Lüge. Vielleicht sollte man lügen, um der Verachtung durch die Menschen zu entgehen.

Wer eine Psychotherapie gemacht hat oder mehrere: Wie soll er anderen erzählen, was ein einzelner oder einzelne jahrelang mit ihm angestellt hat oder haben?

Sterben. Das gehört alles zu: Ich will sterben. Denn im Jenseits gibt es keine Psychotherapien.

Es ist ein wahnwitziges Unterfangen, meine Allerteuerste. Wäre es nicht besser, Sie töteten sich gleich? Wem wollen Sie helfen? Meinen Sie wirklich, Sie sollten noch das alles hier schreiben? Meinen Sie, Ihr Leiden hat einen Sinn, wenn Sie ihm einen geben, diesen hier?

Es ist ein folgenschwerer Entschluß. Nun sind «Schuld» und ich fast dasselbe. Vor lauter Schuld fühle ich mich nicht mehr, sehe mich nicht, außer, natürlich, wenn ich in den Spiegel schaue.

Nach meiner Trennung von ihm redete ich zu einem Apparat, und der gab nur das wieder, was ich gesagt hatte.

Ich redete mit niemandem so regelmäßig, ausdauernd und aufrichtig wie zu dem Apparat. Er war schwarz, flach und elektrisch geladen. Ich schrieb ab, was ich geredet hatte, und ich wollte das so lange tun, bis ich einmal etwas sagte, was nicht nachgesagt war, sondern aus mir kam.

Ganz tief in mir muß ich doch ein Mensch sein, der nicht austauschbar ist, dachte ich.

Mädchen

Ganz besonderes Unglück gewisser Jahre. Sich eingesperrt haben im Zimmer. Im eigenen Zimmer eingesperrt sein. Niemand soll hereinkommen. Ich kann auch nicht hinaus, will nicht mehr, und befriedigend ist es, zu hören, wie oft sie draußen die Türklinke herunterdrücken. Wer ist es? Der Vater? Die Mutter? Wer will mit mir gut sein? Welche meiner Schwestern? Die Großmutter vielleicht? Oder ein Freund, dem sie nichts gesagt haben, der einfach kommt, zu mir, einfach so? Auch ihn lasse ich nicht herein.
Was für ein Glück, im Unglück niemanden zu mir hereinzulassen. Was für ein Glück im Unglück. Und was für ein Unglück, in solcher Befriedigung zu sitzen. Unerreichbar.
Irgendwann werde ich hinausgehen. Ich werde die Gedemütigte sein und so tun, als ginge ich nur auf die Toilette, als hätte ich nur Hunger, Durst.
Um nichts in der Welt werde ich zugeben, daß ich mit ihnen wieder gut sein möchte.
Ich möchte nicht. Ich muß.

Sterben, ich sage es Ihnen! *Einmal* etwas *Echtes*!

Und ich habe ihn ja nicht einmal sehen dürfen. Er wurde von ganz fremden Menschen in Uniformen (Gendarme) fortgetragen. Er wurde von ganz fremden Menschen in weißen Kitteln (Uniformen der Heilkundigen) aufgeschnitten.
Sie schauten in ihn hinein. Sie mußten etwas suchen und etwas finden. Die Kugel, mit der er sich tötete, lag irgendwo außer-

halb des Körpers, denn er hatte seinen Kopf, Verzeihung, durchschossen.
Um «Hirnstammdurchschuß» schreiben zu dürfen, mußten sie ihm die Brust aufschneiden. Sie mußten fotografieren, wie er innen aussah.
Andere mußten einen Akt anlegen. Papier, in einer Mappe, auf der eine Nummer steht und sein jetzt geschändeter Name. Wenn du die Mappe aufschlägst, steht drinnen: 1 Paar Schuhe, ohne Wert, 1 alter Hut, usw.

Und ich sehe das schwarze Tuch mit dem weißen, eingestickten Muster, das über etwas hängt, was angeblich ein Sarg ist. Ich muß es glauben. Fremde Männer tragen schwer. Ich muß es *glauben*, daß er darin liegt.

Dann bin ich
gezwungen zu träumen
ich kann mir nicht helfen in der Nacht
daß er

schlafend liegt auf einer Matte
und ich gehe zu ihm
hebe seine Hand, vorsichtig

er steht auf
und ich flüstere ihm zu

daß er sich erschossen hat

leise, leise
damit er nicht erschrickt
bringe ich es ihm bei

dann gehen wir
Hand in Hand

Im Bett neben ihm, oft gedacht: So etwas einmal im Kino zeigen. Nicht immer das andere. Aber dazu müßte eine Leinwand neun Stunden lang mit Licht bestrahlt werden. So breit kann eine Sekunde Verzweiflung werden: Eine halbe Sekunde Verzweiflung drängt die Planeten in andere Bahnen.

Und blind geworden vor Liebe und sehend
Die anderen schreien mir in die Ohren
Ich höre, ja, ich höre!
Sie schreien auch ihm vieles in die Ohren.
Er hört. Ja. Er hört auf sie.

Blind telefonieren wir dann.

Damit du weißt, was für einen Platz
du in meiner Seele einnimmst, sagt er.

Worte, denke ich. Ach, Worte.
Nie mehr blind werden, nie mehr sehend
Mich nie mehr einem Mann hingeben
Nie mehr gedankenlos vertrauen

Ich gehe
Er läßt ein Blatt von einem Baum fallen
vor meine Füße

Ich hebe es auf
Ich trage es heim

Wo bin ich daheim

Die verkehrten Wörter. Verloren gehe ich. Da wünschst du dir einen Krieg. Die Furcht mit allen teilen. Aber du hast nur Angst, allein. Da wünschst du dir ein Erdbeben, und es sollen alle sich fürchten. Du möchtest dein Empfinden mit allen teilen, in der Not, in dieser Not, daß keiner da ist, keiner für dich, mit dem du deine Empfindung teilen kannst, dich teilen.

Es bricht dich. Du kommst dem zuvor, indem du es tötest.

Der Schrecken des Moments. Die eigene Hand gegen den eigenen Körper, der nun hilft, dir zu helfen. Denn um dich zu töten, brauchst du den Körper, den du verlassen willst, und du tötest ihn, o seliger Moment, nun wird er doch noch dein Freund, dieser Körper, dieses Gefängnis, und er wird liegen, da, gefunden wird er werden, dein toter Freund.

Dann hilft kein Wort mehr.

Und er fragte mich einmal, ob er es tun dürfe, seinen Körper verlassen, in meiner Nähe, während ich bei ihm bin.

Ich sagte: Nein.

Warum hat er sich umgebracht?
Ich frage nicht!
Warum habe ich damals nein gesagt?
Ich frage, weil ich die Antwort weiß.
Weil ich sie ganz leicht sagen kann.

Er wollte sterben.
Er wollte nicht allein sein beim Sterben.
Wenigstens beim Sterben nicht allein, er, der immer allein war.

Ich sagte: Nein.
Denn ich dachte: Was würden die Leute sagen?

Eine Frau

Durch die geschlossene Tür dringt das Reden und Husten des Mannes, der sie besucht hat. Sie hat ihn eingeladen, weil er einsam ist, und nun sitzt und plaudert sie mit ihm, hat ein Abendessen für ihn gekocht, leistet ihm Gesellschaft. Ihre Augen sind schon müde. Sie bietet ihm an, ihn mit dem Auto nach Hause zu bringen. Er bittet sie, seinetwegen nicht teures Benzin zu vergeuden. Sie gibt ihm ein Buch zurück, das er ihr geliehen hat. Er redet über das Buch. Sie pflichtet ihm bei. Manchmal widerspricht sie, aber nur sanft.

Heute abend möchte sie eigentlich nichts mehr reden. Weihnachten hat sie bedrückt. Nur der Bub, der vierjährige, wie er nach der Kugel griff, die am Baum hing, hat sie für das ganze Getue mit den Geschenken entschädigt.

Im Krieg war sie in Berlin. Sie arbeitete als Chemikerin in der Rüstungsindustrie. Ihr Geliebter wurde von den einmarschierenden Soldaten sofort erschossen. Als sie im Zug von Berlin nach Wien fuhr, war ihr, als säße der Geliebte neben ihr. Als begleite er sie während der ganzen Fahrt zurück zu den Eltern. Deutschland war zerbombt, Österreich zerstört. Sie fand einen Posten in einer privaten Chemiefirma und arbeitete dort jahrzehntelang. Türken mag sie. Mit ihrem türkischen Hilfsarbeiter hat sie sich eigentlich am besten verstanden. Sie fährt gern in die Türkei. Sechzig Jahre ist sie alt. Wenn sie noch einmal zur Welt käme, sie würde wieder gern sechzig Jahre leben.

Nicht vergessen kann sie, daß sie auf dem Heldenplatz dabei war. Daß sie «Juda, verrecke!» gerufen hat und ein jüdisches Geschäft gestürmt in der Kaiserstraße. Blusen und Hemden hat sie herausgerissen, zusammen mit anderen. Sie versteht es nicht. Sie hat sich immer für intelligent gehalten. Stolz war sie auf ihre Bildung. Nicht vergessen kann sie auch, wie sie ihrem Vater eine chemisch-physikalische Formel erklärte, da war sie noch im Gymnasium, Oberstufe, und der Vater behauptete, die Formel stimme nicht. Aber Papa, wir haben das gelernt. Es stimmt nicht.

Ab damals hat sie ihn verachtet. Im Krieg war er Oberst. Beinah hätten sie ihn zum General befördert, aber da waren die Kämpfe schon vorbei. Der Vater lebte dann als Pensionist und ging immer sehr gerade. Auch sie hält sich gerade. Aufrecht. Nie verläßt sie das Haus ohne Hut. Sie trägt eine lederne Tasche, elegant, klein, unaufdringlich. Stöckelschuhe, nicht zu hoch. Ihre Strümpfe haben selten eine Laufmasche. Sie parfümiert sich dezent. Sie schminkt sich manchmal, damit man nicht sieht, wie wenig sie geschlafen hat. Die Nächte verbringt sie gern mit einem Buch. Je dicker, um so lieber. Immer seltener kommt es in letzter Zeit vor, daß ihr beim Lesen die Augen zufallen. Sie lernt noch immer. Kunstgeschichte. Sie liest kirchenkritische Werke, sagt aber, daß einem, je mehr man über die Kirche erfährt, um so bewußter wird, wie wenig man eigentlich gegen das, was gewesen ist, tun kann. Und ob es einen Sinn hat, fragt sie sich, all die Verbrechen, die die katholische Kirche begangen hat, in einem eintausend Seiten dicken Buch anzuprangern. Da vergehe einem ja die Lust am Leben, und der Besucher pflichtet ihr bei.

Er möge es auch nicht, dieses Mieselsüchtige. Sicher seien früher Menschen verbrannt worden bei lebendigem Leib, und gefoltert habe man in entsetzlicher Weise, und das alles sei aber ausgestanden und ausgelitten von denen, die es erdulden müssen, und viel wichtiger wäre doch, dankbar und froh zu sein, daß man heute lebe.

Und nicht immer nur das Schlechte sehen, pflichtet sie ihm bei. Ich mag junge Leute, aber ich finde es furchtbar, wenn sie behaupten, wir haben keine Zukunft. Sie sagen, daß wir nicht wissen, ob morgen die Welt noch besteht. Sollen sie doch heute leben! Wenigstens heute glücklich sein!

Ja, ja, sagt der Herr, die Jungen, die sind mir sehr fern.
Wir haben den Krieg gehabt, sagt sie, und wir wußten nie, trifft uns morgen eine Bombe. Es war ein einziger Kampf ums Dasein, ein ständiges Gott sei Dank lebe ich noch.
Sicher, sicher, nickt er.
Und wir haben es leichter gehabt als die Jungen, das gebe ich zu. Uns ist es nicht gutgegangen, wir brauchten nicht lange zu überlegen, was wir aus unserem Leben machten. Unsere Sorge war das Überleben an sich.
Naja, die Jungen, sagt der Herr.
Ich möchte noch einmal jung sein! ruft sie beinah. Wenn ich jung wäre, würde ich ihnen beweisen, daß man trotz allem glücklich sein kann. Ich bin ein Optimist.
Das haben wir an Ihnen auch immer so geschätzt, Frau Ingenieur.
Die Tür wird aufgerissen. Ganz in Gedanken versunken hat sie jetzt dem Herrn gelauscht, der noch in der privaten Chemiefirma arbeitet und ihr gerade beteuerte, wie sehr sie eigentlich allen ihren ehemaligen Untergebenen fehle, und dann läutete es am Haustor. Automatisch war sie aufgestanden und ins Vorzimmer gegangen zur Gegensprechanlage. Automatisch hatte sie «ja» gesagt und «natürlich», als eine Stimme sie fragte: «Darf ich heraufkommen?»
Dann stürzt es zur Tür herein, das Unglück, mit wild nach allen Seiten hängenden, ungewaschenen Haaren. Schwarz hat sie sich die Haare gefärbt, diesmal. «Mami! Mami!» Sie brach über dem Fauteuil zusammen. «Mami! Bitte! Gib mir hundert Schilling!»
Automatisch ist sie zur Nähmaschine gegangen, auf der ihre Handtasche steht. Den Herrn ganz vergessend, hat sie einen Schein aus der Geldbörse genommen. Das Mädchen ist verschwunden.
Sie steht jetzt neben der Nähmaschine. Die Tasche in der Hand. Die Geldbörse ist ihr auf den Boden gefallen. Da hebt der Herr sie schon auf. Frau Ingenieur.

Er hat «Frau Ingenieur» zu ihr gesagt, und sie fragt ihn jetzt, ob sie ihrer Tochter das Geld vielleicht nicht hätte geben sollen, sie wisse schon nicht mehr, was man richtig mache und was falsch, es tue ihr leid, ihr sei es sehr peinlich, aber ihre Tochter habe sich in einen jungen Mann verliebt, der Heroin nehme, und obwohl sie hoch und heilig geschworen hatte, alle für dumm zu halten, die das «H», englisch ausgesprochen «eidsch», nehmen – die Tochter ist süchtig.

«Frau Ingenieur...», setzt der Mann zu einer langen Erklärung an. Er habe ein Buch gelesen. *Wir Kinder vom Bahnhof Zoo.* Es ist erschütternd.

«Ich will von diesen Büchern nichts mehr hören. Ich weiß, es gibt Bücher. Es gibt Information. Nur, ich will das alles nicht wissen.»

Aber Ihre Tochter, denkt sie, er wird jetzt: «Aber Ihre Tochter» sagen. Der Herr schweigt. In seinem Schweigen liegt etwas Bedrohliches für sie. Sie kennt seine politischen Ansichten nicht. Nie haben sie sich über Politik unterhalten. Das war ja das Angenehme.

«Wissen Sie, ich bin dafür, daß man diese Rauschgifthändler alle aufhängt.» Der Herr lächelt. Er hebt ein wenig die Augenbrauen. Sie hat es gesehen. «Trotzdem, ja. Ich finde, man muß sie umbringen. Zu unserer Zeit, also, wie ich jung war, wir haben viele Fehler gemacht, wir haben vieles nicht gewußt, nur, diese Rauschgifthändler, die werden doch sogar von der Polizei geschützt! Der Liebhaber meiner Tochter handelt mit Heroin! Er betritt die feinsten Bordelle! Er bedient die feinsten Herrschaften! Man fängt ihn ein, man setzt ihn ins Gefängnis, und nach ein paar Tagen ist er wieder frei. Meine Tochter will ihn retten. Sie haben das Kind gesehen!»

Der Herr erzählte, daß sein Vater Sozialdemokrat war und von jungen Burschen verprügelt wurde. Beinah zu Tode getreten hätten Hitlerjungen damals die Männer und Frauen, die sich nach 1938 nicht zum Anschluß bekannten.

Es sei ihr nicht bekannt. Sie wolle auch von der Zeit nichts hören, nichts jedenfalls von der anderen Seite. Für sie sei es eine gute Gelegenheit gewesen, von zu Hause wegzukommen. Ihre Mutter, eine Adelige, habe nie gut über Juden gesprochen. Der Vater war Offizier. Die Brüder Studenten. Alle Brüder hat sie verloren. Wie anders würde ihr Leben aussehen, wenn einer ihrer Brüder überlebt hätte. Der, der die Welt so liebte. Der, der auswandern wollte. Nach dem Krieg in China bleiben. Die Schwester nach Asien holen. «Damals war doch die Welt offen!» sagt sie.

Ihr Mann. Sie hätte ihn nicht heiraten dürfen. Der Tote aus Berlin war immer bei ihr. Dann stand der Bursche da, sportlich, in Lederhosen. Student. Brille. Kurzer Haarschnitt. Jung. Sohn von Arbeitern. Gutmütige Menschen, diese beiden Alten, die für das Studium ihres einzigen Sohnes alles geopfert hatten. Akademiker. Dr. phil. Sie stellte ihn ihrem Vater vor. Man mußte heiraten. Das ging ja nicht, daß man einfach miteinander wohnte. Damals, nach dem Zusammenbruch, war es wichtig, daß man wieder aufbaute. Anständige Familienverhältnisse, wenn es eine Schande war, Nazi gewesen zu sein.

Sie betrachtet es nicht als Schande. Es tut ihr nur leid. Gern wäre sie auf der richtigen Seite gewesen. Warum war sie so dumm? Warum hat sie nie nach den Mitschülerinnen gefragt, die plötzlich verschwunden waren? Ihre Freundin, die Eva, mit der zusammen sie «Juda, verrecke!» geschrien hat, sagt: «Ich habe mit ihnen korrespondiert. Ich habe von jeder gewußt, ob sie in London ist oder Paris. An ‹Juda, verrecke!› kann ich mich nicht erinnern. Daß ich mit dir Geschäfte gestürmt habe, das bildest du dir auch nur ein.»

Die Eva hat ihr damals geraten, den Philosophiestudenten zu nehmen. Eva hat damals auch gerade geheiratet. Irgendwie ist das nicht gutgegangen. Evas Sohn hat schon zwei Selbstmordversuche gemacht. Ihre eigene Tochter ist süchtig.

Vielleicht hätte sie dem Mann nicht nachgeben sollen. Sie wollte kein Kind. Sie wollte frei sein. Sie wollte ja auch keinen Hund. Eines Tages bringt die Tochter einen Hund heim. Dann

geht sie wieder in die Rauschgiftszene. Sie ärgert sich, daß ihr das Wort geläufig ist: Szene. Faschier ihn! rief die Tochter durch die geschlossene Wohnungstür, als sie mit dem Hund kam, du, der Hund braucht dich, ich kann nicht jeden Tag zweimal spazierengehen mit ihm, ich habe anderes zu tun, ich lasse mir nicht mein Leben verderben von einem Hund, den ich überall hin mitnehmen muß. Ich fahre mit dem Auto. Kundschaft besuchen. Ich arbeite noch hin und wieder für die Firma. Ich werde gebraucht. Ich mag den Hund nicht, den großen. Er ist aus Asien. Von dort, wo mein Bruder sich eine Existenz als Techniker aufbauen wollte nach dem Krieg, von dort, wo du warst, von wo du heimkamst mit dem Haschisch und dem Gras, und wie das alles heißt.
Faschier ihn, rief die Tochter, und die Mutter ging dann zu einem Tierarzt und bat ihn, den Hund einzuschläfern.
Manchmal kommt ihr der Gedanke an Wiedergeburt. Ein Arzt hat es ihr gesagt: «Durchaus möglich ist auch, daß wir in Gestalt eines Tieres irgendwann wieder zur Welt kommen.» Den Arzt hält sie für verrückt, aber an ihren Bruder muß sie denken, daß sie den Bruder vielleicht ein zweites Mal getötet hat, sie will nicht, will diese Gedanken alle nicht, diese spinnerten, wie sie ganz bei sich selbst sagt, wienerisch, österreichisch, sie war deutsch, sie wollte pflichtbewußt und fleißig sein, aufrecht und treu, sie wollte nicht, daß die Gemüsehändlerin, bei der sie jahrelang eingekauft hat, zum Strick greift, sie ist erschrocken, als der Jugoslawe vor ihrer Tür stand, der Zettelausträger, dieser Reklameverteiler, den fragte sie: «Was ist eigentlich mit der Frau Blaschko? Ich habe sie lange nicht gesehen.» Der Jugoslawe machte nur eine Handbewegung quer über den Hals. Dann erfuhr sie, daß Frau Blaschko eines Abends, nachdem sie ihr Geschäft zugesperrt hatte, in die Kammer hinter dem Geschäft gegangen war und sich erhängt hatte. Herr Blaschko gab den Gemüsehandel sofort auf und zog zu seiner Schwester. Auch ihre eigene Großmutter erhängte sich eines Tages, als sie über neunzig war und plötzlich den Stuhl nicht halten konnte.

Die alte Dame stieg auf den Dachboden und kam nicht mehr zurück.
Sie ist natürlich noch meine Mutter, aber durch die Verkalkung hat sich ihre Persönlichkeit so verändert, daß sie nun tatsächlich nicht mehr meine Mutter ist, sondern – so wie beim letzten Besuch – ein schlimmes Kind, das – ungezogen – alle Krankenschwestern ins Schienbein tritt. Die Mama, auf der zweiten Silbe betont, die *Die Presse* gelesen hat und fragte: «Was wollen die Kennedys? An die Macht wollen sie. Also, mir tut kein einziger Kennedy, der erschossen wird, leid.» Und dazu nahm Mama einen Zug aus ihrer «Austria C», mit Spitz, und sie schlug die Beine übereinander, die auch dann noch nylonbestrumpft waren, als sie schon fleckig und faltig, aber sie hat ja die Beine der Mama nie bedacht, diese Beine, die die Mama im Zug nicht übereinanderschlagen durfte, und Zeitung lesen durfte sie auch nicht, der Papa schrie die Mama damals an, es schicke sich nicht, daß eine junge Dame, seine Gemahlin, in einem Coupé mit übereinandergeschlagenen Beinen sitze und noch dazu Zeitung lese. Der Papa war altmodisch. Er kam ja aus einer recht einfältigen Familie, und die Mama stammte von Patriziern ab, und der Papa war ja nur von Holzfällern.
Deshalb hat sie ja dann auch den Philosophen genommen mit den dicken Lippen und dem Glas, dieses immer wieder fleckige Brillenglas, und der Papa war von Holzhändlern und Holzfällern, und der Prolet, sie mag das Wort nicht, dieser Proletarier, der schämte sich für seine Eltern, und sie verteidigte den Opa und die Oma, sie schickte ihre kleine Tochter gern dorthin, so konnte sie in der Firma bleiben, sie mußte den Beruf nicht aufgeben, und jeder, der ihr sagt, daß die Tochter rauschgiftsüchtig geworden ist, weil sie von ihr zuwenig Liebe bekommen hat, den straft sie Lügen. Sie hat ihrer Tochter jede nur mögliche Ausbildung bezahlt. Die Ehe war ja bald geschieden. Sie ertrug den Mann nicht, als er am Telefon zu Freunden sagte: «Noch.» Er meinte: Noch sei das Haus das Haus seines Schwiegervaters, des Obersts. Sosehr sie auch ihren Vater gehaßt hatte und so-

gar verachtet seit der Sache mit der chemisch-physikalischen Formel, so sehr tat ihr der Vater in diesem Augenblick leid. Der Vater war doch auch nur ein Emporkömmling. Tüchtig hatte er sich hinaufstudiert und hinaufgedrillt zu einem der höchsten Offiziere. Vielleicht tadelte er die Mama nur, weil er so ihrer aristokratischen Abstammung etwas entgegenhalten konnte, die Mama war jedenfalls immer kultiviert. Noblesse. Und eine gewisse Großzügigkeit. «Meine Kinder können einen Mord begehen, und ich werde zu meinen Kindern stehen.» Wenn das eine Mutter war? Sie war mehr. Ihre Mutter war stets sehr viel mehr als nur eine Mutter gewesen. Diese Mutter, ein Bollwerk gegen den Vater. Mit Verachtung strafte sie ihn, wenn er mit seiner Schüssel aus dem Schlafzimmer kam. In einem Feldbett verbrachte er seine letzten tausend Nächte. Aus einer blechernen Schüssel nahm er das Wasser, um sich morgens und abends zu waschen. Er lebte in der Patrizierwohnung, als befinde er sich mitten im Krieg. Noch immer in den Schlachten am Isonzo. Oder in Pola. Der Papa ist viel herumgekommen. Leider nur als Offizier, und er kann nur wie ein Offizier von der Toilette ins Zimmer gehen und zur Toilette zurück. Beinah erwartet er Habtachtstellung von allen seinen Kindern und Enkeln. Die Enkel schlägt er mit der Peitsche. Deshalb ist ihre Schwester dann auch ausgezogen. Sie hat sich ein anderes Quartier gesucht. Verheiratet war sie mit einem Hallodri. Adelig. Aber ein Hallodri. Man konnte der Schwester, die mit achtzehn ihr erstes und mit neunzehn ihr zweites Kind bekam, dazu nur gratulieren, daß der Baron bei einem Autounglück ums Leben kam.
Ihn haßt sie bis heute. Sie weiß gar nicht, hat sie jetzt laut gedacht, der Herr steht auf, er verabschiedet sich mit einer leichten Verbeugung.
«Frau Ingenieur.»
Es tut gut, dieses Wort zu hören. Es ist angenehm, in Österreich zu leben. Da wird man mit dem Titel angesprochen. Das war in Deutschland nicht so. Irgendwie hat dieses Land auch schon seine Vorteile.

«Ich bringe Sie.»
Sie hat es geschafft. Hut. Mantel. Handtasche. Sie begleitet den Besucher ins Vorzimmer. Dann durch den Gang. Zum Lift. Sie schweben abwärts. Draußen vor dem Haustor weht sie die kalte Luft an. Weihnachten war. Da weiß man wenigstens die Jahreszeit. Oft fragt sie sich nämlich, ist das schon Herbst oder noch Frühling. Die Sommer gehen an ihr vorbei. Sie bemerkt sie nicht. Jedes Jahr, bevor es in Wien heiß wird, fährt sie in den Norden. Schweden, Finnland, sie kennt jeden Fjord in Norwegen wie ihre Westentasche. Wenn sie eine hätte. Und sie fotografiert. Mit Leidenschaft gibt sie sich den Schönheiten der Natur hin.
Sind wir jetzt in einem Schloß. In was für einem. Die Mama hat beim letzten Mal wissen wollen, was für ein Schloß das ist, dieser Park im Spital. Arme Mama. Gute Mama. Papa hat es um so vieles leichter gehabt. Ist einfach bei einer Operation gestorben. Zuviel Narkose haben ihm die Ärzte gegeben. Und die Mama wird gepflegt. Sie ist doch nicht mehr die Frau, die sie war.
«Wissen Sie, Knoblauch. Die Juden essen viel Knoblauch. Deshalb sind sie so gescheit. Bis ins hohe Alter.» Sie muß lachen. Der Herr hat das so gesagt, als wüßte er nicht, daß sie «Juda, verrecke!» geschrien hat. Und er weiß es ja auch gar nicht. Sie atmet auf. Keiner weiß es. Auch nicht die Eva. Die Eva, die ist klug.
Sie biegt in eine Seitengasse ein. Einbahn. Richtig erwischt. Nur nicht die Fahrtrichtungen jetzt verwechseln. Ingenieur ist Ingenieur. Sie will so gerne jetzt beweisen, daß sie selbstverständlich immer die Frau Ingenieur sein wird. Auch wenn sie schon leichte Anzeichen von Verkalkung an sich zu bemerken fürchtet. Aber das kann auch Vergeßlichkeit sein. Sie trainiert ihr Gedächtnis.
«Ja, die Juden haben viel zur Kultur in unserem Volk beigetragen», sagt sie. Handschuh vergessen. Ein Autohandschuh fehlt. Der, den sie auf der Straße gefunden hat. Den sie dann hinaufgetragen hat in ihre Wohnung.
«Die Führer der österreichischen Sozialdemokratie waren Juden», sagt Herr Neuber.

«Ja, man weiß nicht: Sind die Juden unser Untergang oder unser Verderb.»
«Wie meinen?»
«Ob sie unsere Erlösung sind oder unser Untergang, möchte ich wissen. Ich lese in letzter Zeit so viel Kirchengeschichte. Auch Geschichte der anderen Religionen. Wissen Sie, mir gefällt am besten dieser Zarathustra. Der persische. Der echte. Der, der die Tieropfer verboten hat, Hunderte Jahre vor Christus. Und wenn man bedenkt, daß in Spanien, in diesem katholischen Land, jeden Sonntag so viele Stiere grausam getötet werden.»
Mit ihr sei angenehm plaudern, sagte der ehemalige Arbeitskollege.
Es ärgerte sie. Sie waren schon da. Donaustadt. Dort wohnte ihr geschiedener Mann. Dorthin ging auch die Tochter manchmal, hundert Schilling holen, wenn sie statt dem teuren «H» eine Flasche Hustensaft besorgte. Hustensaft hatte das Kind schon immer gerne getrunken. Beim auch nur ganz geringen Husten oder Bronchialkatarrh griff das Kind nach der Flasche und trank. Man wußte damals gar nicht, wie gefährlich Hustensaft war. Aber man wußte ja so vieles nicht.
«Vielleicht kann man im Alter noch lernen», sagte sie, als sie dem Neuber, diesem gutmütigen Kerl, die behandschuhte Hand hinstreckte.

Brigitte Schwaiger

Brigitte Schwaigers Erstlingsroman *Wie kommt das Salz ins Meer* wurde ein literarischer Bestseller. «Wahrscheinlich liegt in ihrer erstaunlichen Fähigkeit, Charaktere und Konflikte vom Sprachlichen her zu erfassen und zu präzisieren, Brigitte Schwaigers spezifische Stärke.» *Friedrich Torberg, Süddeutsche Zeitung*
Brigitte Schwaiger, 1949 in Österreich geboren, unterrichtete Deutsch und Englisch in Spanien, malte und begann schließlich zu schreiben. Sie lebt heute in Wien.

Der Himmel ist süß *Eine Beichte*
(rororo 5749)
«Vormittags ein Klosterkind, nachmittags ein Gassenkind... Aus kindlicher Perspektive, von der Autorin streng, manchmal maliziös kontrastierend geordnet, erzählt das Mädchen Gitti von Lust und Last einer katholischen Kindheit.» *Deutsches Allgemeines Sonntagsblatt*

Liebesversuche *Erzählungen*
(rororo 12783)
Hier träumen Menschen von Liebe und Versöhnung, erleben Unterwerfung und Unterdrückung, und die Hoffnung bleibt ein Rätsel. «Meisterlich erzählt...» *Die Welt*

Mein spanisches Dorf
(rororo 4657)
Brigitte Schwaiger erzählt aus der Perspektive des Kindes von der engen und bedrohlichen Welt einer oberösterreichischen Kleinstadt.

rororo Literatur

Wie kommt das Salz ins Meer
(rororo 4324)
Verträumt und hellwach, humorvoll und verzweifelt erzählt eine junge Frau das Scheitern ihrer Ehe.

Schönes Licht *Roman*
(rororo 12983)
Der Liebes- und Erlebnisroman einer jungen Frau, deren Leben sich grundlegend verändert, nachdem sie als Schriftstellerin berühmt geworden ist - umschwärmt von den Medien, bewundert vom Publikum.

Ein Gesamtverzeichnis aller lieferbaren Bücher und Taschenbücher finden Sie in der *Rowohlt Revue*. Jedes Vierteljahr neu. Kostenlos in Ihrer Buchhandlung.

3274/2

Hannah Green

Hannah Greens Bücher spenden Kraft. Einfühlsam schildert sie nicht nur das Leid, das sie oft selbst erfahren mußte. Hannah Green zeigt ebenso Wege der Hoffnung. Ihr Bericht einer Heilung «Ich hab dir nie einen Rosengarten versprochen» war auf allen Bestsellerlisten zu finden.
Joanne Greenberg, wie Hannah Green in Wirklichkeit heißt, wurde 1932 in New York geboren, studierte in Washington und London. Heute lebt sie mit ihrer Familie in Colorado/USA.

Ich habe dir nie einen Rosengarten versprochen *Bericht einer Heilung*
(rororo 4155)

Mit diesem Zeichen *Roman*
(rororo 4869)
Welche Demütigungen, aber auch Freude und Lebenswillen ein taubstummes Paar erlebt erzählt Hannah Green in diese mitfühlenden, authentischen Familienroman.

Herbstzeitlose oder Glückliche Fügung? *Roman*
(rororo 12186)
Hannah Green erzählt von zwei Menschen, die durch einen entsetzlichen Unfall miteinander verbunden werden – eine Geschichte von der Suche nach dem, was wirklich wichtig ist im Leben.

Landleben *Roman*
(rororo 12396)

Ohne sich zu berühren
Erzählungen
(rororo 5661)

rororo Unterhaltung

Wenn es Sommer wird
Erzählungen
(rororo 4992)

Eine Zeit wie im Paradies
Roman
(rororo 5901)
Das Leben einer frustrierten Mutter, deren erwachsene Kinder sich von der Familie abgewandt haben. «Dieses Buch ist recht aufregend. Es erzählt lakonisch, oft auch witzig und mit genauen Beobachtungen.»
Süddeutscher Rundfunk

Knechte des Königs
Historischer Roman
(rororo 12710)

Aus freien Stücken *Roman*
(rororo 12860)
Fiel Daniel Sanborn einem Attentat zum Opfer, das dem Erzbischof von Málaga galt? Die Nachricht vom Tod des plastischen Chirurgen, der auf den internationalen Kriegsschauplätzen entstellte Gesichter der Zivilbevölkerung operierte, löst weltweit Erschütterung aus.

3231/2